여름이 너무해

원 없이, 사정없이, 아낌없이

여름이 너무해

원 없이, 사정없이, 아낌없이

조서형 지음

북스톤

프롤로그

뜨거운 계절에 나는 자랐다

동생이 태어나던 해였다.

나는 다섯 살이었다. 옆머리가 귀에 닿지 않을 정도로 짧은 스포츠머리만 고수했다. 뒷머리가 목에 닿거나 옆머리가 귀를 간질이는 일은 견딜 수 없었다. 당연히 아침에 머리를 몇 갈래로 땋아 달라거나 무슨 핀을 꽂아 달라고 조를 일도 없었다. 남이 보기엔 그저 평범한 어린이였겠지만, 사실 나는 매사에 시큰둥한 애였다. 집에서 동화책이나 들추며 시간을 보낼 뿐, 나가서 자전거를 타거나 킥보드를 타는 일은 좀처럼 없었다. 또래 친구들이 다니는 태권도장, 피아노 학원, 미술 학원에 가는 것에도 심드렁했다.

열렬히 좋아하는 것도 없고 특별히 바라는 것도 없었다. 엄마가 강사로 일하던 학원에 따라가 쉬는 시간마다 엄마를 만나거나 어른들이 먹던 짭조름한 안주를 옆에서 몇 조각 얻어먹는 게 유일한 낙이었다. 밥도 귀찮아하며 먹었다. 식사 시간이면 어른들이 답답해 수저 위에 반찬을 얹어주었다. 음식을 받아 먹어라, 씹어 삼켜라, 달래다 윽박지르다 했다. 시키는 대로 해보려고 해도 입안에서 퍽퍽하게 뒤섞인 고기와 밥알, 나물 반찬은 목구멍 아래로 잘 내려가지 않았다.

다섯 살의 나는 잠을 자는 데도 영 성의가 없었다. 밤이 찾아와도 별로 눕고 싶지 않았다. 어쩌다 이른 시간에 잠에 들면 악몽을 꿨다. 그런 밤이면 TV를 작게 틀어놓고 보거나 읽고 또 읽은 동화책을 뒤적거리며 해가 뜨길 기다렸다. 낮에는 피곤해서 뛰어놀고 싶은 마음이 들지 않았다.

남에게 뭔가를 조르는 일이 없는 심드렁한 아이였지만 엄마에게 반복해서 들려달라 부탁하는 이야기가 있었다. 나란히 앉아 있을 때면 몇 번이고 그날 얘기를 또 해달라고 졸랐다.

"엄마가 널 임신했을 때 이야기야. 날씨가 무척 더웠어. 배가 이만큼 커진 엄마는 널 만나러 병원에 갔어. 예정일이 지나 아이가 큰 편이었어. 지금 너는 밥을 잘 안 먹어서 작아졌지만 엄만 널 크게 낳았단다. 3.8kg이나 되는 크고 튼튼한 아이였어. 억지로 널 꺼내는 대신 자연스러운 만남을 추구하기 위해 난 병원에 누워 있었어. 끔찍한 더위였지. 어른들이 에어컨은커녕 선풍기도 못 틀게 했어. 바람을 쐬는 게 산모한테 좋지 않다고. 몸을 잘 간수해야 다음 아기를 또 가질 수 있다고."

"어찌나 더운지 밤새 흐르는 땀을 닦고 몰래 손부채질을 하느라 이틀 밤잠을 설쳤어. 그러다 입원 3일차에 드디어 신호가 왔어. 폭염주의보가 내린 8월의 둘째 날이었지. 비몽사몽 분만실에 들어가 힘을 줬어. 근데 어머, 힘주는 방법이 생각이 안 나는 거야. 여기저기서 의사와 간호사가 나한테 힘을 주라고 난리인데 정작 엄마는 힘주는 방법을 잊어버렸어. 손에 쥔 헝겊에도 힘을 주고 눈에도 힘을 주고 발가락도 꽉 오므렸는데 배에만 힘을 줄 수가 없는 거야. 내가 힘을 줘야 아기가 나온다는데 이걸 어떡해."

이 대목에서 꼭 나는 까르르 웃었다. 뒷얘기를 마저 듣고 싶어서 그랬다. "배는 너무 아픈데 다들 나보고 소리를 쳐. 배에 힘을 더 주라고. 그 소리를 듣고 있는데 이상하게 엄만 자꾸 잠이 오더라. 해는 중천에 떠서 이글거리는데 선선하고 쾌적한 분만실 공기가 얼마나 달콤하던지. 엄마는 정신을 까무룩 잃을 것만 같았어. 의사 선생님은 답답해서 울고 엄마는 자꾸 잠이 오고…."

"오후 세 시가 조금 지나서 네가 나왔어. 잠깐 머뭇거리다가 상황을 파악하고선 큰소리로 울기 시작했어. 간호사가 얼굴만 간신히 닦은 널 내 옆에 눕혀놨어. 고개를 돌려 네 얼굴을 보는데 코와 눈가에 주근깨처럼 뭐가 잔뜩 난 거야. 물어보니 땀띠래. '방금 태어난 아기 얼굴에 땀띠라니? 배 속까지 더웠나 보다' 생각했어. 그날 너도 많이 더웠어? 너도 나오느라 애썼어? 나도 진짜 힘들었는데. 우리 진짜 고생했다.”

매번 디테일이 조금씩 더해지기도 빠지기도 하는 엄마 얘기를 들었다. 하나도 기억이 나지 않는다며 웃기도 하고, 뭔가 기억나는 걸 찾으려고 애쓰기도 했다. 엄마와 내가 대단한 임무를 수행해 낸 동지 같은 기분이 들었다. 엄마도 날 그렇게 생각하고 있다는 걸 느낄 수 있었다. 엄마처럼 대단한 사람과 내가 뭔가를 함께 해냈다는 사실이 기뻤다.

내가 나고 자란 남도의 여름은 덥고 습해 조금만 뛰어놀아도 땀으로 범벅이 되었다. 그래도 여름이 좋았다. 여름을 기다리는 것도, 여름이 되는 것도, 여름을 추억하는 것도 좋았다. 엄마는 나를 여름에 낳았고, 나는 여름에 엄마 배 속에서 나왔으니까. 여름을 미워할 수는 없었다. 여름은 매사 시큰둥한 나도 뜨겁게 했다. 친구들과의 놀이에 끼지 않고도 볼은 발그레 달아올랐다. 몇 시간만 놀아도 하루 종일 놀다 온 애처럼 땟국물이 줄줄 흘렀다.

내가 여름이었어야 해

여섯 살이 된 나는 유치원에 다니기 시작했다. 유치원엔 또래 친구들이 많았다. 그중에 '한여름'이란 이름을 가진 친구가 있었다. 이름을 듣자마자 놀랐다. 마치 원래 내 것이었던 걸 뜻밖의 장소에서 마주한 것처럼. 그 이름이 내 것이어야 한다고 생각했다. 그 앤 한여름이 아닌 7월 초에 태어났으며, 여름보다 가을을 좋아한다고 했다. 세상에, 억울하고 불공평하다. 한여름에 태어난 건 나고 여름을 좋아하는 것도 난데, 왜 난 서형이야.

이름을 바꿔달라고 이제 와서 졸라도 엄마가 들어줄 것 같지 않았다. 내 이름을 바꾸려면 엄마가 학원에 휴가를 내고 동사무소에 가야 할 테니까. 설사 엄마가 내 소원을 들어주어 회사를 하루 쉬고 이름을 바꾸게 되어도 안 될 이유는 많았다. 친구들이 분명 나를 따라쟁이라 놀릴 거다. 그건 정말 견딜 수 없는 모욕이다. 또, 내겐 '형'자 돌림을 따라 '은형'이란 이름을 가진 동생이 있다. 여름이와 은형이가 자매일 순 없다. 그럼 은형이도 겨울이가 되어야 했다. 엄마에게 너무 많은 과제가 따를 것이다. 마지막으로 결정적인 이유가 있었다. 이름을 바꿔도 난 한여름이 될 수 없다는 사실이다. 우리 가족 중에는 애석하게도 한씨 성을 가진 사람이 없다. 한여름이 되지 못한 조여름은 싱겁다. 하는 수 없이 나는 '한여름'이란 이름을 가진 나를 상상하며 시간을 흘려보냈다.

여름이와 나는 점점 더 친하게 지냈다. 여름이 오면 생일파티를 같이 했다. 여름이네 집에도 자주 놀러갔다. 가야금 연주자가 꿈이라는 미소 언니랑도 친해졌다. 그 언니는 우리보다 다섯 살 많은 여름이 친언니다. 여름이네 아빠는 카센터를 했다. 카센터에는 뛰어놀 곳이 많았다. 여름이네 집은 카센터 옆에 있었다. 아파트나 빌라가 아니어서 뛰어놀아도 혼나지 않았다. 마당에서는 개를 두 마리나 키우고 있었다. 장난감도 많았다.

어느 날 여름이가 이름을 바꿨다. 앞으로는 여름이라고 부르지 말고, '상은'이라 불러야 한다고 했다. 여름이는 왜 그 좋은 이름을 마다했을까? 여름이는 아토피 피부염이 심해지면서 가야금을 배울 수 없게 되었다고 했다. 멋진 가야금 연주자가 되려면 건강해져야 했고, 건강해지려면 이름을 바꿔야 한다고 누군가 알려줬다고 했다. 나는 여름이란 이름이 사라진 일을 두고 한참을 아쉬워했다. 그럴 거면 처음부터 내가 여름이었으면 좋았을걸. 나도 여름이고 싶었는데….

시간이 한참 흘렀다. 서른 번도 넘는 여름을 지났다. 여름을 지날 때마다 시큰둥한 어린이는 조금씩 그을리고 뜨거워졌다. 밥도 잘 먹고 잠도 잘 자는 학창 시절을 지났다. 너무 많은 열량을 섭취하고 있지 않은지 먹은 것을 살피고,

약속을 지키기 위해 알람 시계를 맞춰놓고 자야 하는 어른이 되었다. 더 이상 나는 엄마에게 태어나던 날 이야기를 해달라고 조르지 않는다.

배 속에서 13주차 아기가 자라고 있다. 별일 없다면 올가을에 세상에 나온다. 사람들은 내게 "좋은 계절에 낳아 다행"이라고 말해준다. 여름이 아닌 가을에, 미치도록 뜨거운 계절이 아닌 선선하고 느긋한 계절에 아기를 만난다. 그 아기에겐 어떤 얘기를 해주는 게 좋을까? 그 아이는 내게 어떤 이야기를 듣고 싶어 할까? 아기에게 해주고 싶은, 또 우리 엄마한테 전하고 싶은 여름의 장면들을 모아보았다.

목차

하노이의 여름

나의 첫 직장은 베트남 하노이에 있는 한 무역 회사 사무실이었다. 서울을 떠나기 며칠 전부터 베트남 문화와 역사 책을 찾아 읽었다. 하나라도 더 알아서 하나라도 더 보고 와야지, 생각했다. 직장에 어울릴 얌전한 옷도 몇 벌 샀다. 출국 전날, 밤을 꼬박 새우며 카메라와 노트북, 구두, 베트남어 회화 책 등을 캐리어에 챙겨 넣었다. 기내에서는 졸지도 않고 내리 영화를 봤다. 비행은 영화 두 편을 볼 수 있을 만큼 충분히 긴 시간 이어졌다. 비행기에서 내리면 나는 어른이 되는 거다, 비장한 마음이었다.

회사에서 보낸 택시가 공항 밖에서 기다리고 있었다. 택시는 빠르게 노이바이 국제공항을 벗어나 낯선 도로를 달렸다. 정신을 놓고 창밖을 구경했다. 후덥지근한 바람 사이로 달짝지근한 열대의 향기가 코를 스쳤다. 짧은 옷을 입은 여자들은 집 앞에 뭔가를 널거나 걷고, 더위에 지친 남자들은 좁고 긴 오토바이 안장 위에 아슬아슬하게 누워 낮잠을 잤다. 늠름한 야자수 사이로 동네 개들이 어슬렁대며 걸어 다녔다. 그 길 위에서 나는 하노이와 바로 사랑에 빠졌다.

회사에서 소개한 한인 하숙집에 짐을 풀었다. 출근할 팀의 대리님이 나와 휴대폰 개통을 도와줬다. 휴대 전화 화면 좌측 상단에 베트남 통신사 표시가 떴다. 올여름은 베트남에서 지낸다. 비장하고 뿌듯한 마음이 들었다. 대리님이 저녁 식사를 같이 하자며 숙소 근처 음식점으로 안내했다. 미로 같은 골목을 굽이굽이 따라 들어갔다. 공놀이를 하던 아이가 우리를 쳐다봤고, 슈퍼에서 파리를 쫓던 여자도 우리를 돌아봤다. 나도 함께 그들을 바라봤다. 정겨운 동네 분위기가 마음에 들어 자꾸 웃음이 나왔다. 불이 몇 개 켜지지 않은 어둑어둑한 현지 식당으로 들어갔다. 메뉴판 대신 벽에는 커다란 플래카드가 붙어 있었다. 구글에서 내려받은 듯한 음식 사진이 인쇄된 플래카드에 기름때가 덕지덕지 묻어 있었다. 그 아래 놓인 길쭉한 새장 서너 개에는 작은 새들이 푸드덕대고 있었다.

낮은 나무 의자가 놓인 작은 테이블에 자리 잡았다. 테이블 위에는 서너 가지 소스가 놓여 있었다. 하나씩 뚜껑을 열어 향을 맡아 보았지만, 사실 그럴 필요 없었다. 따로 양념통에 옮기지 않은 채 마트에서 산 그대로의 용기에 담겨 있어 간장, 칠리소스, 식초라는 걸 단박에 알 수 있었다. 여기에도 기름때와 먼지가 켜켜이 내려앉아 있었다. 그 옆에는 재질이 푸석푸석해 보이는 티슈와 나무젓가락, 썰어 놓은 지 한참 된 양 메마른 라임 조각이 차례로 놓여 있었다. 실내가 어두워 사진이 잘 찍히지 않았다.

대리님이 능숙한 베트남어로 분짜Bun Cha 네 그릇을 주문했다. 금세 접시 가득 하얀 국수와 각종 채소가 나왔다. 채소는 하나하나 독특한 향을 냈다. 상추처럼 익숙한 건 없었다. 앞에선 숯불에 갈비 굽는 냄새가 풍겼다. 잇따라 당근 몇 조각이 둥둥 뜬, 따끈하고 달콤한 국물이 나왔다. 그 국물에 국수와 갈비를 말아먹으면 된다고 했다. 튀긴 만두와 볶음밥을 더 시켜 먹었다. 네 명이서 배불리 먹고 16만 동을 냈다. 한화로 8000원 남짓한 돈이었다. 앞서 식사를 하고 나가는 베트남 사람들이 잇새를 쑤시며 우리를 호기심 가득한 눈으로 쳐다봤다. 저녁 식사를 마치고 일어나는 길에는 이미 이 모든 낯선 풍경과 경험이 선사하는 낭만에 푹 젖어 있었다.

하노이의 어엿한 회사원

인턴 한 달 차에 작은 원룸을 구했다. 회사에서 구해준 한인 하숙집은 터무니없이 비싸고 규칙이 많았다. 무급으로 일하는 처지에 지낼 만한 곳이 못 됐다. 원룸은 낡고 좁았지만, 마음은 편안했다. 에어컨은 털털거리고, 와이파이 신호는 미약하고, 샤워기를 타고 흐르는 물줄기는 쫄쫄거렸지만, 견딜 만했다. 오토바이를 댈 곳이 있고 아무때나 출

입을 할 수 있었으며, 친구를 데려와도 상관없었다. 이참에 중고 오토바이도 한 대 질렀다. 하노이의 여름은 오토바이와 잘 어울린다. 신호에 걸려 멈출 때면 앞차에서 나오는 열기와 여름의 폭염, 아스팔트가 뱉어낸 복사열이 한데 뒤섞였다. 그때의 아찔하고 몽롱한 기분이 나는 좋았다. 잠깐만 외출을 하고 돌아와도 땀과 먼지 범벅이 되기 일쑤였다. 대단한 일이라도 하고 온 양 으쓱했다.

꼬질꼬질하고 꾸밈없는 이 나라에 빠르게 스며들었다. 저녁에 혼자 산책도 하고 때때로 다른 동네까지 놀러 다녔다. 사람들이 쳐다보면 그들을 마주봤다. 점심은 우리나라로 치면 백반집 같은 '껌Cơm'집에서 주로 먹었다. 산처럼 쌓인 나물과 절임을 접시에 덜어 먹는 뷔페 같은 시스템이었다. 서울에서 함께 인턴으로 파견 나온 셋과 회사가 내 세상의 전부가 되었다. 복잡한 인간 관계와 취업 준비 같은 건 전생 같았다. 아무것도 싫을 게 없었다. 연속되는 야근까지 괜찮았다. 행복으로 가슴이 벅차올랐다.

학생 신분이긴 했지만, 마음은 어엿한 회사원이었다. 매번 셔츠와 슬랙스를 잘 다려 입고 아침 8시가 되기 전에 사무실 책상에 앉았다. 퇴근하기 전에는 개수대에 쌓인 컵을 깨끗이 씻어 엎어두었다. 정직원으로 전환되면 하노이에서 아주 살 생각이었다.

하지만 세상은 호락호락하지 않았다. 하면 된다고 철석같이 믿던 스물세 살에게는 더욱 그랬다. 정직원은커녕 인턴 기간도 연장되지 않았다. 두 달 만에 한국으로 돌아가려니 발이 떨어지지 않았다. 이대로 집에 갈 수는 없었다. 이미 하노이의 여름을 겪은 후였다. 길에서 먹는 사탕수수 주스와 펄펄 끓는 1500원짜리 쌀국수가 있는 곳, 팔려고 내놓은 꽃과 과일이 알록달록 눈을 즐겁게 하는 곳, 길에서 부채를 펄럭이며 빵도 굽고 고기도 굽는 곳, 하루에 한 번씩은 꼭 대중없이 소나기가 내리고 낮은 뜨겁다 못해 따가운 곳.

하노이의 여름이 끝나지 않은 시점에서 결코 이곳을 떠날 수 없었다.

인턴으로 마지막 근무가 끝나자마자 대학교 어학당을 등록했다. 학생 비자가 필요했다. 매일 아침 일찍 학교에 가서 베트남어를 공부했다. 처음 사무실에 나가던 마음가짐처럼 진지하고 경건했다. 남는 시간에는 한국인 학생을 대상으로 영어 과외를 했다. 베트남 학생을 대상으로 한국어 회화 수업도 했다. 가르치는 일이 낯설어 수업을 준비하는 데 꽤 긴 시간이 들었다. 학생들이 사는 곳이 제각각이라 매번 오토바이를 타고 이동하는 것도 일이었다. 하노이의 여름은 끝날 기미가 없었다.

밤에 침대에 누우면 기뻤다. 하노이에서 더 지낼 수 있다는 사실만으로 충분했다. 생각한 최선의 방법은 아니었지만, 아직도 하노이는 뜨거웠고 여전히 마음에 들었다. 하노이도 겨울은 춥다던데, 사람들이 패딩 재킷을 입고 다닌다던데…. 그 겨울까지 욕심이 났다.

젖은 솜의 나날

그러던 중 하늘이를 만났다. 동갑인 하늘이는 나보다 3년 먼저 하노이에 나와 있었다. 그는 베트남어 문장을 만들어 음식을 주문했고 원하는 바를 명확히 말할 줄 알았다. 하늘이는 한인 음식점에서 매니저로 일했는데 식당에는 무려 50명이나 되는 현지인 직원들이 있었다. 초면에 하노이의 여름이 마음에 들어 겨울까지 보내기로 했다고 고백했다. "하노이에서 몇 년을 지내보니 어떠냐"고 묻고 "부럽다"고 혼자 답했다. 하늘이는 지친 얼굴에 옅은 미소를 띠며 "썩 그렇지도 않다"고 답했다.

하노이의 '하'는 '물 하河'자를 쓴다. 주변이 다 호수고 강이며 물이라고 했다. 지반이 물러서 지하철도 못 들어온다고 했다(지금은 들어와 있다!). 지하에 뭘 지을 수 없는 도시다. 역으로 생각하면 여기서 더 나빠져도 지하로 내려갈 일은 없다는 얘기다. 하노이에서는 목소리 큰 사람이 이긴다. 모두가 그 사실을 잘 안다. 목소리가 작은 사람도 성량을 키워 큰소리로 말한다. 큰 사람은 더 크게 낸다. 베트남 사람들은 커피를 진하게 마신다. 커피 원액에 물을 조금 넣는 수준이다. 다들 아주 진한 커피를 마시고 정신을 바짝 차리며 살아간다.

집 근처에는 한인회 사무실이 있었다. 사무실에는 작지만 알찬 도서관이 있었다. 일주일에 한 번씩 들러 책을 빌렸다. 가져간 책을 다 읽지 못할 때가 많았지만 한글이 쓰인 책을 들고 갔다가 들고 오는 일 자체가 큰 위안이 되었다. 그렇게 수업을 받고 수업을 하다가 종종 도서관에 들르기를 반복했다. 어느 날, 한인회 사무실 벽에 한인회 소식지의 취재 기자를 모집하는 공고문이 붙었다. 특별한 자격을 요구하지 않길래 집에 가서 바로 이력서를 냈다.

소식지를 만드는 잡지사는 인턴을 하던 건물에 있어 다시 같은 건물로 출퇴근을 했다. 편집장님은 많은 걸 배려해줬다. 출근 시간을 베트남어 수업 이후로 조정해주고, 경력이 없음을 고려해 기본부터 일을 알려줬다. 커다란 카메라를 다루는 법, 취재 사진을 찍는 법, 인디자인을 통해 간단한 편집 디자인을 하는 법, 보기 좋은 페이지와 읽기 좋은 글까지, 두루 배웠다.

하노이에 마트, 백화점, 호텔 등으로 이뤄진 롯데 센터가 들어서면서 새 가게가 많이 생겼다. 한인 카페에서 커피를 배우고 한인 미용실에서 통역 아르바이트를 했다. 오토바이를 타고 과외를 다니고 아침이 오면 다시 어학당에 갔다가 잡지사에 출근했다. 퀘스트를 다 깨고 나면 또 뭐가 더 주어질지 알 수 없었다. 어떻게든 해내는 하루를 보내며 퀘스트를 깨 나가는 기분에 집중했다.

무사히 하노이의 겨울을 지나고 다시 여름을 맞이할 참

이었다. 하늘이는 내게 일을 여덟 개쯤 하고 있는 거 아니냐며 '팔잡'이라 불렀다. 그러는 하늘이도 만만치 않았다. 하늘이와 나는 하노이에서 살아남기 위해 종종거리느라 정신이 없었다. 우리는 가까이 지냈다. 함께 베트남어 수업을 듣고 일을 마치면 같이 밥을 먹고 숙제를 했다. 하늘이에게 보여주려고 버틴 날들도 있었다. 서로를 곁눈질하며 서로의 속도에 뒤처지지 않도록 조바심을 냈다. 하늘이에 기대어 매일 열심히 걸었다.

하노이에서 지내며 나는 매일 나와 싸웠다. 어제의 나를 이기고, 약한 소리를 하는 나를 부수고, 쉬려고 하는 나를 때려눕힌 다음 승자의 마음으로 침대에 누웠다. 일거리가 늘어날 때면 곳간에 쌓인 쌀가마니를 세는 부자처럼 뿌듯했다. 쌓이는 돈은 별 볼 일 없었지만, 그런 건 괜찮았다. 하노이에서 내가 할 일이 있다는 사실만으로 더없이 행복한 1년이었다.

어릴 때 엄마가 자주 해주던 얘기가 있다. “밤이 오면 젖은 솜이 되어 잠드는 하루를 보내. 어쨌든 최선을 다했다는 거고 그게 행복이야.” 어렸을 적 즐겨 보던 만화에서는 꼬마 자동차 ‘붕붕’이 어렵고 험한 길을 헤쳐나가고 밤엔 단잠을 잤다. 어떻게든 해내는 하루들이었고, 꿈꾸던 행복을 다 이룬 것 같은 날들이었다.

밤마다 젖은 솜이 되어 잠들기는 했지만 그것은 사실 행복한 일만은 아니었다. 매일 나와 싸우는 인간에겐 맹점이 있다. 매번 이 싸움에서 이기더라도 지는 것 역시 나라는 점, 그렇기에 온전히 이기는 사람이 되지 못한다는 점이다. 하노이에서 매일 해내고 이겼다고 생각한 밤들은 사실 내가 패배한 밤이기도 했다. 벼락치기로 베트남어 자격증을 땄지만, 성조가 여섯 개인 고난이도의 언어는 좀처럼 입밖으로 뱉기 어려웠다. 열심히 외워서 말해도 베트남 사람들은 내 말을 알아듣지 못할 때가 많았다. 다양한 업종의 일을 해봤지만, 다시 한국에서 그 일을 할 만큼의 전문성은 갖추지 못했다. '팔잡'을 뛰고 받은 돈은 기회 닿을 때마다 동남아 여행을 하느라 다 써버렸다.

자, 그래서 이제 뭘 하지? 생각이 드는 차에 다행히 막학기가 남아 있었다. 빈털털이인 채로 귀국하여 바로 복학을 했다. 마치 생생한 꿈을 꾼 것 같았다. 마음엔 뜨거운 하노이가 남아 있었지만, 눈을 뜨면 익숙한 강의실이었다. 꿈이라 생각하고 넘기기엔 손에도 남은 게 있었다. 하노이 한인 소식지의 두 꼭지였다. 하노이에서 맡아 작성하던 두 개의 칼럼을 계속 쓰게 된 일이 하노이에서 보낸 시간이 꿈이 아니었음을 끊임없이 일깨웠다. 여섯 페이지에 걸친 두 개의 칼럼은 만 10년, 11년 차가 된 지금까지 매달 계속되어 이 책의 기반이 되어주었다. 매일 밤 나를 부수고 꼬집고 때려 눕혀 젖은 솜이 되게 한 그 시절 하노이의 여름 끝에 이 책이 남았다.

베트남의 여름을 달리는 오토바이

하노이의 잡지사에서 일한 지 1년이 되어갈 무렵이었다. 함께 살던 한국인 친구들은 모두 귀국하고 혼자 동다 거리에 위치한 5층 집에 자리 잡았다. 여전히 캐리어 하나에 짐이 다 들어갔다. 이삿짐을 옮기는 일은 캐리어를 오토바이에 묶어 간단하게 해결했다. 내 방은 4층이었고, 1층에 있는 주방과 화장실을 공용으로 사용하는 구조였다. 정사각형 구조의 방 한편에 역시 정사각형 모양의 커다란 침대가 하나 놓여 있었다. 방이 좁아 에어컨을 틀면 바로 시원해졌다. 기묘한 음기가 있어 에어컨을 틀지 않고도 시원했다. 새 방은 관리하고 청소할 게 적어 좋았다.

한 가지 불편한 점은 이 집에선 오토바이를 건물 안에 들여놔야 한다는 것이었다. 입구의 계단이 높았으므로 오토바이를 들여놓기 위해서는 번번이 집 앞에 멈춰 서서 쇳덩어리로 된 작은 삼각형 모양의 경사판을 꺼내 계단 사이에 끼워야 했다. 오토바이 시동을 끄지 않고 안장에 올라탄 채 경사판을 한 번에 오르는 사람도 있었다. 그 폭이 좁아 자칫 옆으로 떨어질 것 같았다. 시동을 켜놓고 오토바이에서 내린 다음 엔진의 힘을 이용하여 올리는 사람도 있었다. 오르막을 무리하게 오르려다가 엔진 힘에 오토바이가 로켓처럼 튀어 오른 경험이 있었기에 그것만큼은 참았다. 앞선 두 가지 방법을 피하려니 무거운 오토바이를 혼자 힘으로 끌어 올렸다가 내려야 했다. 그 과정은 무척이나 성가셨다.

하루에 두세 번씩 오토바이를 들이고 내놓는 일은 좀처럼 익숙해지지 않았다. 한결같이 귀찮았다. 내 오토바이는 집 앞 어느 골목에 대충 세워져 있는 날이 많았다. 한번은 특가 비행기표를 구해 혼자 일주일간 여행을 다녀왔다. 그리고 돌아왔을 때 오토바이는 감쪽같이 사라지고 없었다.

베트남에서는 일주일의 노동절 휴가가 주어졌다. 직전에 끔찍하게 더운 대만의 여름을 경험하고 온 내 마음은 어땠을까? 처음 마주한 도시의 생경함에 잔뜩 들떠 있었다. 대만의 아기자기한 선물 가게, 아침부터 식욕을 자극하는 길거리 음식, 하루 종일 걸어도 좋은 산책길, 시원한 빙수 같은 걸 신나게 누리고 온 이상 다음 여행을 마다할 리 없었다. 놀아본 사람일수록 더 놀고 싶은 마음을 갖는다.

호치민에서 하노이까지, 2200km의 해안 도로

비행기를 타고 호치민에 가서 오토바이를 산 다음에 그걸 타고 하노이까지 올라와야겠다는 계획을 세웠다. 결심은 갑자기 했지만, 생각은 예전부터 있었다. 베트남에 칠레에 이어 세계에서 두 번째로 긴 해안 도로가 있다는 얘기를 들은 다음부터였다. 여행을 계획하며 인터넷을 찾아보니 어디에도 '세계에서 두 번째로 긴 해안 도로' 얘기는 없었다. 베트남 1번 국도(QL1A)가 남부의 가장 큰 도시와 북부의 수도를 한 번에 잇는, 약 2200km에 달하는 해안 도로라는 것 자체는 사실이었다. 호치민에서 시작해 무이네, 냐짱, 다낭, 후에를 거쳐 하노이까지 유명한 관광지가 모두 해안선을 따라 자리했다. 길을 찾느라 헤맬 필요 없이 바다를 따라 직진만 하면 됐다.

원래 계획은 하늘이와 함께 하노이에서 출발하는 거였다. 스무 살 무렵, 처음 오토바이를 샀을 때 서울의 자취방에서 포항에 있는 집까지 오토바이를 타고 내려간 적이 있다. 동네에서 오토바이를 타는 게 얼마나 즐거웠던지 끝없이 달리고 싶다고 생각했다. 막상 끝없는 길이 펼쳐지자 지루하고 심심해 어쩔 줄 몰랐다. 이번 오토바이 여행은 달랐으면 했다. 여태 배워온 베트남어로 길에서 만난 사람들과 대화를 나누고 그 과정을 영상으로 담아 유튜브에 올리기로 했다. 당시 최신형 액션캠인 '고프로 히어로1'을 사고, 하늘이와 머리를 모아 질문지도 짜두었다. 일정만 잡히면 언제든 출발하려던 찰나, 하늘이가 슬리핑 버스 여행을 하다가 사고를 당했다. 하는 수 없이 이번 여행은 혼자 가야 했다.

아침에 베트남에서 보낸 시간을 정리하는 기회로 삼겠다고 생각했다. 시속 60km로 매일 300km씩 이동할 계획이었다. 아침 일찍 출발해 네댓 시간만 이동하고 오후에는 관광을 하거나 영상을 찍을 요량이었다. 호치민 데탐 거리에서 중고 혼다 웨이브를 샀다. 계기판의 그 무엇도 제대로 작동하지 않는 고물이었다. 시종일관 털털거리는 소리가 "날 하노이까지 타고 갈 생각은 말아줘" 애원하는 것처럼 힘겹게 들렸다.

오토바이 상태를 보니 장거리 이동이 가능할지 의문이 들었다. 하지만 더위에 지쳐 더 묻지 않았다. 세 차례 가격을 깎고 나니 더 깎아지지 않았다. 대신 헬멧과 가방을 묶을 끈을 덤으로 받았다. 이토록 뜨거운 7월의 날씨에 하노이까지 혼자 달려야 하니 부디 도와줄 것을 사정했다. 오토바이

값을 치르자마자 지체 없이 출발했다. 빨리 무이네에 도착해서 바다를 보며 쉴 생각이었다. 전날 새벽이 되어서야 호치민에 도착하는 바람에 몇 시간 자지 못해 피곤했다. 시내 어딘가에서 주유를 할 계획이었으나 길은 바로 고속도로로 이어졌다. 믿을 수 없는 계기판과 급한 마음에 길거리 상인에게 기름을 샀다. 오토바이 대국인 베트남에서는 필요하면 언제 어디서나 주유를 할 수 있었다.

뜨겁고 호쾌한 첫날

길거리에서 파는 기름은 주유소보다 더 비쌌다. 불순물을 섞어 파는 경우가 많으니 정 급할 때 아니면 이용하지 말라고 들었다. 신호에 걸린 사이에 감행한 나의 첫 길거리 주유는 꼭 필요한 타이밍에 신속하게 이뤄졌다. 기름을 판 아주머니는 제대로 묶지 않아 흘러내리고 있던 배낭까지 야무지게 묶어줬다. 이후로는 하루에 두 번 주유소에 들러

5만 동(한화 약 2500원)어치씩 주기적으로 주유했다. 기름을 가득 채운 오토바이가 힘차게 달렸다. 고프로로 질주 영상을 찍으며 여행자 기분을 한껏 냈다. 역사적인 출발이었다.

5시간 정도는 한 번에 달려 목표한 지점에 도착할 수 있을 줄 알았다. 뭐든 시작할 땐 이런 마음이다. 충분히 계획했고 준비되었다고 생각하지만 현실은 어림없다. 머릿속으로 나와 오토바이가 빠르게 질주하는 장면을 내내 그렸지만, 이곳은 베트남에서 가장 큰 도로다. 대형 버스와 화물차 사이를 작은 오토바이와 자전거들이 빼곡히 메우고 있다. 내가 생각한 시속 60km의 속도를 낼 방법이 없다. 도로 양 옆에는 아무런 보호 장치 없이 주택이 늘어서 있어 아기를 업은 젊은 여성들이 아무 때고 불쑥 튀어나오기도 한다. 게다가 호치민의 도로는 한낮 온도가 40도에 육박한다. 아스팔트가 이글이글 끓어오르는 도로 위 한껏 달아오른 엔진을 품은 오토바이도 펄펄 끓는다. 오토바이가 과열로 영원히 멈추는 걸 보고 싶지 않으면 두 시간에 한 번은 쉬어야 한다.

달리기 시작한 지 두 시간 만에 더위에 지쳤다. 오토바이보다 먼저 과열로 나가떨어진 김에 늦은 점심을 먹었다. 고기로 속을 채운 두부 부침과 숙주나물을 얹은 밥 한 그릇이 단돈 500원. 얼음이 가득 든 잔에 탄산음료를 콸콸 부어 꿀떡꿀떡 삼켰다. 그늘에서 낮잠을 자고 판티엣까지 한 번에 달렸다. 하루 중 가장 뜨거운 시간이 지나 살 만했다. 표지판은 내가 가야 할 길을 꼼꼼하게 알려주었고 샛길이 없어 어려움도 없었다.

판티엣에서부터 바다가 펼쳐졌다. DSLR을 길에 세워놓고 오토바이와 나의 첫 기념사진을 찍었다. 해질 무렵 바다는 아름다웠고 축축한 바람이 불어와 열을 식혀줬다. 일을 마친 동네 사람들은 항구 옆에 오토바이를 세워두고 도란도란 이야기를 나누고 있었다. 노을 지는 바다를 따라 나머지 20km를 달렸다. 사막 투어와 젓갈로 유명한 여행지인 무이네에 도착했다. 이미 깜깜했기에 마을 초입의 아무 숙소에 짐을 풀었다. 화장실 딸린 2인용 방이 12만 동(한화 약 6000원)이었다.

숙소 컨디션을 확인하고 옆집과 비교하며 가격을 깎는 실랑이는 하지 않았다. 첫날이 무사히 저문 것을 축하해야 했기에 마음이 급했다. 지금의 이 환희를 다른 기분이 방해하게 둘 수는 없었다. 처음에 안내받은 방에 곧장 들어가 신발을 벗었다. 옷을 다 벗고 차가운 물로 샤워를 했다. 샤워를 하면서 오늘 입은 옷도 빨았다. 비누 거품에 땀과 먼지가 씻겨 나갔다. 통쾌했다. 빨래를 대충 널고 두 개의 침대를 붙여 넓게 누웠다. 잠깐 하늘이 생각을 하다가 배가 고파 밖으로 나왔다.

맛집을 찾고 자시고 할 힘이 없었다. 예전에 왔을 때 맛있게 먹었던 해산물 전문점 '람통Lam Tong'에서 마늘 양념에

무쳐 구운 오징어를 주문했다. 거센 파도를 피해 바닷가 자리가 몇 개 비어 있었다. 신발을 벗고 얼음을 가득 띄운 맥주를 마시며 파도가 부서지며 흩어지는 물방울을 맞았다. 이렇게 호쾌한 여름 휴가가 없었다.

오토바이는 사막을 구르고

혼자 하는 여행일수록 작은 기쁨에도 호들갑을 떨며 과장해서 누려야 한다. 그래야 자칫 외로워지는 일을 미리 막을 수 있다. 빨래를 걷고 짐을 싼 후 커피를 내리며 코코넛 과자를 꺼냈다. 향긋한 김을 피워 올리며 머그잔을 채운 커피를 후후 불며 천천히 마시고 있자니 비로소 떠오르는 해에 눈이 갔다. 해가 본격적으로 기승을 부리기 전에 출발해야 했다. 커피를 급히 마시고 남은 과자는 대충 싸서 가방에 욱여넣었다. 달리다 보니 무이네 어촌 마을 입구가 나타났다. 둥그런 모양의 무이네 전통 배 퉁짜이Thung Chai가 가득

떠 있는 바다가 보였다. 지난번에 왔을 때는 여기서 소년에게 기념품으로 자석을 샀었는데…. 이른 시간이라 관광객을 향해 작은 기념품을 내미는 아이들은 보이지 않았다.

1번 국도를 달리기 시작했다. 흰색 실선 말고는 파란 바다와 나 사이에 아무것도 없었다. 얼떨결에 용기를 낸 스스로가 더없이 기특했다. 바다 풍경은 질리지도 않았다. 노래를 부르고 영상을 찍고 가끔 오토바이에서 내려 기념사진도 찍었다.

구글맵이 인도하는 대로 나아가다가 길이 끊겼다. 새 도로를 만드는 눈치였는데, 진입 금지 표지판이라든지 직진하면 안 된다고 막아서는 사람이 없어 계속 앞으로 달렸다. 근처 '화이트듄'의 모래인지 고운 입자의 흰모래가 조금씩 바닥에 쌓이더니 어느 순간 사막 한가운데에 서 있었다. 중심을 잃고 휘청이자 목에 걸고 있던 무거운 카메라가 바닥에 떨어졌다. 모래 속 깊숙이 파묻혔다. 오토바이를 세워 출발하려고 하니 바퀴가 헛돌았다. 한참을 같은 자리에서 모래 구덩이만 파고 있었다. 억지로 오토바이를 끌며 비틀비틀, 구르는 건 나인지 오토바인지….

모래와 더위, 오토바이 그리고 이 모든 것을 시작한 내 자신과 싸우는 동안 기름양을 알리는 계기판 눈금은 어느새 'E(Empty)'를 가리켰다. 여기 고립되어 오토바이와 사투를 벌일 나, 오토바이를 버리고 걸어서 이곳을 빠져나갈 나 사이에서 고민했다. 발을 동동 구르며 화를 내는 사이, 눈앞에 소떼가 등장했다. 흰 소, 까만 소, 갈색 소, 큰 소와 작은 소까지 모래밭을 묵묵히 느릿느릿 걸어갔다. 그 모습을 보니 제 발로 걸어 들어와 놓고는 어느새 성을 내고 있는 내 자신이 우스웠다.

모래가 쌓인 비포장도로는 결국 끝이 났다. 도로만 나오면 그다음엔 뭐든지 찾을 수 있다. 먼지를 잔뜩 뒤집어쓴 채 무사히 주유를 마쳤다. 밀린 질주를 하려고 보니 갑작스러운 허기가 몰려왔다. 열 받은 오토바이를 길가에 세우고 가장 먼저 보이는 가게에 들어갔다. 플라스틱 의자와 테이블 몇 개, 가스레인지와 커다란 대야가 전부인 간이 식당이었다. 껌승Cơm Sườn이라는 돼지갈비를 얹은 밥과 탄산음료를 달라고 하자 열 살을 겨우 넘긴 듯한 어린이가 주문을 받았다. 노트북으로 혼자 만화를 보고 있던 어린 아이는 능숙하게 가스레인지에 프라이팬을 올리고 고기와 달걀을 굽기 시작했다. 고기가 구워지는 사이에 접시에 밥을 평평하게 펴올렸다. 얼음이 담긴 잔과 딸기 맛 에너지 드링크도 가져다주었다.

먼지 소굴이 된 코를 힘차게 풀고 음료수를 마셨다. 얼음이 덜 녹아 음료의 온도가 들쑥날쑥 차갑기도 미지근하기도 했지만, 대수롭지 않았다. 나는 도로를 찾아 나왔고 베트남의 도로 위엔 뭐든 있으니까. 테이블에 금방 오이와 토마토로 장식한 껌승 한 접시가 올라왔다. 어린이는 다시 노트북 앞으로 돌아가 만화를 마저 보기 시작했다. 시간을 보니 오후 3시. 모래 속에서 5시간을 고통받은 셈이다. 대신 하루의 가장 뜨거운 시간을 이렇게 보낼 수 있다. 접시 위 밥을 긁어 먹고 컵에 남은 음료를 털어 마셨다. 얼음이 만든 차갑고 밍밍한 음료가 완벽한 입가심이 되었다. 베트남에서는 조금만 마음을 느긋하게 먹으면 쉽게 기쁨을 맛볼 수 있다.

위기 속의 여행.
멈출 것인가, 나아갈 것인가

세로로 길쭉한 베트남의 등을 타고 달리는 오토바이 여행. 그 3일 차 아침, 나는 다리와 얼굴에 붕대를 둘둘 싸맨 채 꿉꿉한 여관방에서 깼다. 젠장, 진짜 짜증나네! 인간의 감정은 '곤란하다' '당황스럽다' '서운하다' '아쉽다' '두렵다' 등 매우 다양한 단어로 형언할 수 있건만, 그럴 때마다 짜증난다는 말만 떠오른다. 이렇게 살면 단어 체계가 좁아지고 어휘력이 떨어진다고 하는데, 아무리 생각해봐도 이 상황은 그냥 짜증나는 게 맞다.

베트남 일주를 시작하고 3일 동안 고작 400km를 이동했다. 남은 거리는 1800km. 베트남을 떠나기 전, 마지막으로 추억을 돌아보는 관광은커녕 벼락치기 하듯 매일 10시간씩 달려야 휴가가 끝나기 전에 하노이에 도착할 수 있게 생겼다. 생각대로 되지 않아야 진정한 모험 아니겠는가, 속으로 생각하며 애써 웃어 넘겼다.

낡은 중고 오토바이로 혼자 여행하고 있기에 정해놓은

몇 가지 수칙이 있었다. 해가 없을 때나 비가 올 때는 오토바이를 타지 않기, 경사가 심한 곳이나 길이 아닌 곳은 피하기 같은 것들. 냐짱 옆 고산 지대에 위치한 도시 달랏은 내가 베트남에서 가장 좋아하는 도시다. 딸기, 아이스크림, 요거트 같은 먹을거리가 유명하고 신선한 치즈를 올린 피자도 실컷 먹을 수 있다. 날이 선선하고 도시 중심엔 커다란 호수가 있으며 도시 곳곳에 안개가 자욱해 신비로운 분위기를 자아낸다. 예전에 마음껏 둘러보지 못한 게 아쉬워 꼭 다시 들르고 싶었지만, 질척질척하고 굽이진 산길을 운전하고 싶진 않았다. 안전하게 이대로 해안 도로를 달리는 것으로 합의를 보았다. 언제나 다음은 있으니까.

그래도 모험인데 안전한 길을 택한 게 직전까지 고민이 되었다. 더 고민하지 않도록 냐짱에 고급 게스트하우스를 예약했다. 조식이 제공되고 따뜻한 물이 나오며 깨끗한 침대 시트가 있는 곳이었다. 거의 쉬지 않고 달렸다. 해가 지기 전 냐짱에 도착하는 게 목표였다. 온몸을 뒤덮은 모래 먼지를 씻어내고 새 옷으로 갈아입고 과일을 사다 먹으며 책을 읽는 기분 좋은 상상을 하며 계속 달렸다.

"여기가 어디죠?"

그다음은 기억이 잘 나지 않는다. 갓길을 따라 몇 대의 오토바이 사이를 달리고 있었다. 앞에 있던 오토바이가 깜빡이등을 켜지 않고 갑자기 우회전을 했다. 양옆으로 커다란 차들이 달리고 있었다. 피할 겨를 없이 앞선 오토바이와 충돌했고, 그 충격으로 바닥에 메다꽂혔다. 눈을 떠보니 오토바이 앞부분이 완전히 부서지고, 코인지 입인지 피를 쏟아내고 있었다. 먼저 혀로 이가 제자리에 있는지 확인했다. 자리에서 일어나려고 보니 발목이 이상한 각도로 꺾여 있었다. 아아! 자리에 도로 누워 최대한 구슬프게 고통을 호소했다.

내 짐은 누가 가지고 있는지 모르겠다. 오토바이 뒷자리에 나를 태워 병원을 찾아 거리를 전전하는 이 사람이 누군지도 모르겠다. 벌써 동네 병원 두 곳에서 거절당했다. 이미 문을 닫았다는 걸까, 아니면 외상 환자는 치료할 수 없다는 걸까. 발목에 살짝 힘을 줬더니 피가 쿨쿨 쏟아져 나왔다. 마지막으로 들른 동네 보건소에서 마침내 침대에 누울 수 있었다.

이게 바로 피, 땀, 눈물인가. 상처 부위는 코도 입도 아닌 그 사이의 인중이었다. 간호사는 거즈에 알코올을 묻혀 먼지와 모래, 굵은 피딱지가 엉겨붙은 인중을 닦아냈다. 나는 들짐승의 울음소리 같은 신음을 냈다. 내가 내는 소린지도 몰랐다. 얼굴을 완전히 가리는 '풀페이스 헬멧'이 아니었으면 온 얼굴을 다 갈았겠네. 간호사는 오른쪽 발목을 이리저리 돌려보다가 붕대를 빡빡하게 감아주었다. 그러고 끝. 이제 가도 좋다고 했다.

나는 갈 수 없었다. 나는 구글맵 없이 내 위치를 알지 못한다. 구글맵은 오토바이 거치대 속 휴대폰에 있다. 오토바이가 사고 현장에 그대로 누워 있는지, 오토바이에 묶어 놓은 맥북과 카메라와 현금 다발과 액션 카메라도 그곳에 함께 누워 있는지 알아야 했다. 이미 해가 저물었으니 오토바이까지 누군가 길을 알려줘야 했다. 부어오르기 시작한 얼굴로 눈물과 땀을 뚝뚝 흘리며 내 짐이 어딨느냐고 물었다. 간호사는 보건소 문을 닫아야 하니 경찰서에 가보라고 말했다.

보건소에서 나오는데 이 상태로는 경찰서도 찾아갈 수 없다는 걸 깨달았다. 셔터를 내리려는 경비 아저씨에게 전화기를 빌렸다. 하노이에 있는 친구 늉에게 전화를 걸었다. 내 물건은 경찰서에 있고, 외국인의 경우 물건을 찾아가려면 두 가지 방법이 있다는 걸 알았다. 하나는 내가 예약한 호텔에서 픽업을 오는 것, 또는 현지인 보호자와 함께 가는 것. 호텔도 아닌데 게스트하우스에서 나를 데리러 올 리 만무했다. 현지인 보호자를 구하는 길이 빨라 보였다. 늉이 냐짱 근처에 사는 삼촌을 경찰서로 보내주겠다고 했다.

택시를 타고 간신히 경찰서에 도착했다. 경찰서에 앉아 먼지 섞인 땀을 삐질삐질 흘리며 이 여행이 어디서부터 잘못되었는지 돌아봤다. 세상 무서운 줄 모르고 까불더니…. 한 시간쯤 기다렸을까. 나와 부딪혔던 사람이 경찰서에 들어왔다. 목격자로 보이는 사람까지 와서 모형 오토바이를 가지고 상황을 열심히 설명했다. 나의 여권과 운전면허증을 확인하고 내게 어떤 보상을 원하는지 물었다. 여기서 하노이로 가는 비행기표를 끊어달라고 할까? 당시 내 솔직한 심정은 그냥 시원하고 쾌적한 식당에서 메뉴판을 보며 뭘 먹을지 고민하고 싶었다. 에어컨이 틀어진 영화관에서 팝콘을 버석버석 씹으며 지루한 영화나 한 편 보고 싶었다.

공부한 베트남어 같은 건 소용이 없었고 여러 사람의 도움으로 짐을 돌려받았다. 오토바이를 내일 아침까지 수리해주는 것으로 일을 마무리짓고 경찰서 주변에 있는 아무 숙소에 짐을 풀었다. 힘겹게 계단을 올라 움푹 꺼진 침대에 앉았다. 있는 대로 보풀이 일어난 담요는 몇 사람의 머리카락이 엉겨붙어 있었다. 화장실은 어두웠고 쿰쿰한 냄새가 났다. 화물차가 지나갈 때마다 방 전체가 요란하게 흔들렸다. 냐짱의 깨끗한 침대와 무료 조식을 날려버린 게 아쉬웠다. 발등의 붕대를 뚫고 피가 배어나기 시작했고, 얼굴은 퉁퉁 부어 거울을 보기 두려웠다. 하루 종일 샤워만 기다렸는데 막상 하려니 고통 속의 눈물 샤워가 따로 없었다. 순간의 사고로 이런 처지에 놓이다니, 내가 뭘 잘못한 걸까?

역경을 굽이굽이 넘어

당연히 다음 날 아침 하노이까지 직항으로 가는 비행기를 탈 예정이었다. 밤사이 혹여 다른 곳이 아파 오면 한국으로 바로 가는 비행기도 생각했다. 잠이 안 와 책을 꺼내 읽었다. 브라이언 트레이시의《내 인생을 바꾼 스무 살 여행》. 작가는 스무 살에 아프리카에 가겠다는 생각으로 캐나다에서부터 자전거를 타고 사하라 사막을 건넌다. 자전거가 여의치 않을 땐 히치하이킹을 하고 배에서 일한 돈으로 차를 사서 이동하기도 한다.

"목표에 거의 이르렀을 때, 원래의 계획을 포기하는 사람들이 있는 반면에, 최후의 순간에 더욱 분발하면서 마침내 목표를 성취해내는 사람들도 있다."

"역경이란 무엇인가? 역경은 당신에게 최고의 선물을 안겨주는 손님이다. 당신이 실제로 어떤 존재인가를 진실되게 알려주고 당신을 더 나은 존재로 성장시키는 원동력이기 때문이다. 새로운 모험은 당신에게 끝없는 역경과 어려움을 안겨준다. 그러나 그 시간은 당신의 진정한 위치를 극명하게 보여주는 '시험의 시간'이며 모두가 당신을 지켜보는 시간이기도 하다."

아, 나는 작은 고난에도 사정없이 흔들리는 애송이였다. 이런 문구를 뒤로하고 여행을 포기할 수는 없었다. 이 타이밍 역시 운명이라 생각하며 아침이 오길 기다렸다. 좁은 여관방에서 털털거리는 에어컨 바람을 쐬며 싸구려 담요 위에 웅크린 주제에 제법 경건했다. 그나저나 스물두 살에도 인생은 바꿀 수 있는 걸까.

아침이 되자마자 수리한 오토바이를 건네받은 나는 다시 달렸다. 잠을 거의 자지 못해 얼굴은 더 부어올랐다. 아끼던 손목시계는 끈이 찢어졌고 휴대폰은 액정이 박살났다. 여긴 어디고 지금이 몇 시인지 모를 시간들이 흘렀다. 길이 고르지 못할 때면 타박상을 입은 뺨이 욱신거렸다. 입안이 까지고 입술이 부어 뭘 제대로 먹을 수도 없었다. 낮 기온은 오늘도 40도 가까이 올랐고 손등은 벌겋게 익어갔다. 지금이라도 그만할까, 생각이 들 때면 바다와 하늘이 어우러진 해안 도로가 펼쳐졌다. 산을 깎아 만든 도로를 타고 내려가는 동안에는 바람이 살랑살랑 불어오며 마음을 달랬다.

도로에서 간이 슈퍼를 발견하면 우유나 에너지 드링크를 사 마셨다. 가끔 오토바이에 실린 짐을 보고 "어디 가?" 묻는 사람이 있었다. 하노이까지 간다고 말하면 "그렇게 멀리까지 혼자서? 왜?" 같은 걸 되묻기도 했다. 하루 종일 오토바이를 타고 싶어서, 베트남의 지독한 더위를 원 없이 누리고 싶어서, 바닷가를 달리며 바람을 맞고 싶어서, 처음 보는 사람들이 베푸는 호의에 감동하고 싶어서, 혼자 생각할 시간을 벌고 싶어서, 일을 하지 않는 일주일간 해방감을 느끼고 싶어서…. 그때마다 하고 싶은 말이 머릿속에서 봇물 터지듯 쏟아졌지만, 정작 내가 베트남어로 구사할 수 있는 말은 "재밌을 것 같아서" "베트남 바다가 예뻐서" 정도가 전부였다. 그 답변만으로도 길에서 만난 사람들은 내게 행운을 빌어줬다.

나, 어쩌면 럭키 걸일지도

고난을 견디게 해줄 호의와 행운은 계속되었다. 얼굴을 가린 채 방을 찾아 들어가는 나를 보고 숙소 운영자가 빨간 약과 새 거즈를 가져다주기도 했고, 세계 합창 대회와 겹쳐 숙소를 잡지 못해 가장 좋아하는 도시를 지나쳐야 했을 때 카페에서 일하던 남자가 가족들과 사는 방 한구석을 내어주기도 했다. 오토바이 수리점에서는 다섯 아이의 아침밥을 먹이느라 진땀을 빼던 아주머니가 약국에서 항생제를 사다주기도 했다. 하루는 다낭에서 후에로 넘어가는 하이번 고개(베트남어로 '바다 구름'을 의미한다. 높은 지대에 있는 국도로 절벽 아래는 바다가, 눈앞에는 구름이 펼쳐진다)에서 엔진 오일이 바닥나 오토바이가 멈춰 섰다. 내려가는 게 나을지, 끌고 올라가야 할지 고민하던 차에 영마루에서 찻집을 하는 아주머니가 나타났다. 아주머니는 즉시 수리 기사를 불러주었고, 덕분에 여정은 계속될 수 있었다.

여섯 번째 날에는 죽을 먹을 수 있을 정도로 얼굴의 붓기가 많이 빠졌다. 베트남어로 '오리 죽'을 의미하는 '짜오 빗Chao Vit'이라 쓰인 가게에 오토바이를 세우고 뜨거운 죽으로 배를 채웠다. 만 원을 내도 아깝지 않다고 생각했는데 상인은 4만 동(2000원)을 불렀다.

호치민에서 시작해 무이네, 꾸이년, 호이안, 후에와 닌빈까지, 매일 6시간에서 10시간까지 운전을 했다. 오토바이를 타는 것 말고는 오늘 꼭 해야 할 일 같은 건 없었다. 그 사실에 큰 해방감을 느꼈다. 중요한 결정 같은 것도 없었다. 지도가 없으니 1번 국도 외 다른 길은 선택할 수 없었고, 음악도 들을 수 없어 플레이리스트를 뒤적일 필요도 없었다. 얼굴의 상처가 아파 한동안 액체만 먹었으니 맛집을 고민할 필요도 없었다. 해야 할 일이 사라진 자리에는 금세 지루한 감정이 들어섰다. 감탄하던 바다 풍경을 앞에 두고도 결국에는 감흥이 떨어졌다. 시간의 깊이를 절절하게 느꼈다. 좋은 추억이든 나쁜 기억이든 아무렇게나 떠오르도록 내버려 두었다. 생각은 과거로 갔다가 미래로 가기도 했다. 같은 생각을 하염없이 들여다보기도 했다. 여행은 뒤로 갈수록 더 편안하게 느껴졌다.

하노이에 도착해서는 이틀을 꼬박 쉬었다. 냉장고에 든 차가운 음료수를 잔뜩 사다가 에어컨 아래서 마셨다. 그 사이 상처는 모두 아물었다. 남북으로 길게 뻗은 베트남 해안을 따라 원 없이 달릴 수 있어, 그것만으로 충분히 뜻깊은 여정이었다.

빈 지갑의 북유럽 여행 1

하노이의 평화로운 일상으로 돌아왔다. 아침에는 베트남어 수업을 듣고 잡지사로 출근했다. 오토바이 여행은 마치 전생처럼 아득하게 느껴졌다. 그날은 '이 달의 행사' 페이지를 채우느라 인터넷 카페를 뒤적이고 있었다. 페이지에는 실을 수 없지만 당장 마음을 설레게 하는 게시물 하나를 발견했다. 핀란드 정부에서 기자와 블로거를 초청하는 프로그램을 연다고 했다.

나는 이름난 잡지사나 신문사에서 일하는 기자도, 그렇다고 제대로 된 경력을 쌓은 기자도 아니었다. 개인 블로그를 운영하지만, 그 역시 일기장에 가까워 보잘것없었다. 유럽 여행을 다녀온 친구들은 마드리드의 햇볕이 얼마나 따사로운지, 로마의 에스프레소 향은 얼마나 깊고 진한지, 파리 사람들은 얼마나 시니컬한지 얘기했다. 아시아도 넓고 버거운 내게 유럽은 먼 이야기였다.

하지만 핀란드라면 얘기가 달랐다. 아시아에서 비행기를

타고 가장 빨리 도착할 수 있는 유럽 국가 중 하나가 아닌가. 겨울이면 하루 종일 새까만 밤이 이어지고 사람들은 창백하며 나같이 짠내 나는 여행자는 콜라 한 캔도 마음놓고 사 마실 수 없는 나라에 내가? 잘 상상이 되지 않았다. 하지만 그런 동네일수록 내 의지로는 여행하기 어려운 법. 프로그램이 열리는 7월은 핀란드도 여름이다. 우유처럼 흰 피부를 가진 사람들이 시간 날 때마다 수영복을 입고 일광욕을 즐기는 계절이라고 들었다. 무엇보다 내겐 핀란드에 사는 핀란드인 친구 헤나가 있었다. 핀란드에 가고 싶었다.

헤나에게 메시지를 보냈다. 헤나는 피겨 스케이팅 선수였으나 부상으로 일찍 은퇴했다. 전공을 바꿔 호텔 관광을 공부하며 교환 학생으로 한국을 찾은 적이 있었다. 그때 우리는 대학 내 태권도 동아리에서 만나 함께 운동했다. 대회를 앞두고 유리한 체급으로 조정하느라 나는 6kg 넘게 감량을 했다. 같은 시기 헤나는 5kg를 증량해야 했다. 우린 그때

서로 괴로움을 토로하며 급속도로 친해졌다. 헤나는 처음 나간 태권도 대회에서 헤비급 은메달을 땄고, 나는 그냥 급하게 다이어트를 한 사람이 되었다.

오랜만에 연락이 닿은 헤나는 반가워하며 자기 집에서 2주고 3주고 머물러도 좋다고 했다. 헤나는 빠르게 사고 회로를 돌렸다. 집 근처 무민 박물관에 들렀다가 호수에서 수영과 사우나를 번갈아 하고 늦은 밤까지 시나몬 롤을 굽자고 했다. 그런 하루를 상상하니 마치 예정된 미래 같았다. 핀란드의 여름이 바다 너머에 있고 나는 건너가기만 하면 될 일이었다.

합격 메일을 기다리는 동안 하노이에는 시도 때도 없이 장대비가 내렸다. 호치민에서부터 끌고 온 오토바이는 눈치 없이 자주 말썽을 부렸으며, 서늘한 집은 이내 축축한 집으로 변했다. 자주 울적해졌지만, 내겐 차갑고 보송보송한 핀란드가 있어 괜찮았다.

핀란드는 호수와 숲의 나라다. 핀란드 전역에는 18만 개가 넘는 호수가 있다. 한반도보다 1.5배 크지만 인구는 10분의 1에 불과하다. 그 말인즉, 광활한 대자연을 방해받지 않고 마음껏 누릴 수 있다는 얘기다.

카우치서퍼가 되어

하노이에서 맞는 두 번째 여름은 내 비자가 만료되는 시기이기도 했다. 그에 맞춰 나는 잡지사 일을 정리하고 월급을 받고 오토바이를 팔고 책과 옷을 주변에 나누고 방을 뺐다. 그 과정에서 수중에 190만 원이 들어왔다. 그중에 절반을 유로로 환전했다. 떠날 태세를 완벽히 갖췄지만 나는 당연하게도 핀란드에 초청받지 못했다. 그냥 한번 해보겠다고 쓴 자기 소개와 지원 동기에 꽤 많은 정성을 쏟은 모양이었다. 아쉬운 마음이 오래 갔다. 아무래도 이렇게 한국에 돌아가는 건 영 억울했다. 개강은 9월에나 할 테니 시간도 있었다. 게다가 핀란드에는 나의 완벽한 여름 휴가가 기다리고 있었다.

하는 수 없다. 방콕과 러시아를 경유해 핀란드로 가는 70만 원짜리 비행기표를 구했다. 간헐적 단식을 할 겸 식사는 하루 한 끼만 하고 기념품은 눈에나 담기로 했다. 이동은 배나 버스로, 숙박은 카우치서핑으로 해결하면 한 달은 여행하며 버틸 수 있을 것 같았다.

카우치서핑Couch Surfing은 집집마다 카우치, 즉 거실의 소파를 서핑하듯 넘어 다니는 행위를 뜻한다. 방법은 간단하다. 인터넷에 정보를 올려둔 호스트에게 메시지를 보내 약속을 잡으면 된다. 친구 집에서 하루 신세를 지는 것과 같은 원리다. 보답은 돈이 아니어도 된다. 요리를 해주거나 집안일을 거들어도 좋고, 나중에 한국에 왔을 때 반대로 다른 여행자의 숙박을 돕는 것도 방법이다. 하노이에서 헬싱키의 첫 숙박지를 정했다. 내가 낯선 집에 짐을 풀고 마주한 채

저녁을 먹고 거실에서 자는 게 어색한 만큼 상대도 나를 들이는 일이 두려울 테니 숙고해 메시지를 적었다. 핀란드 초청 프로그램 지원서에 들인 만큼의 공을 들였다. 첫 호스트는 패턴 디자이너 마리아였다.

방콕과 러시아를 거쳐 헬싱키 반타 국제공항에 내렸다. 밤 9시인데 사방이 대낮처럼 밝았다. 차갑고 산뜻한 공기를 크게 들이마셨다. 구글맵으로 경로를 미리 검색하고, 그 결과를 숱하게 캡처해뒀다. 그럼에도 길을 찾기란 쉽지 않았다. 여전히 해가 밝은데 도시에는 차도 사람도 보이질 않았다. 생경한 광경에 더욱 움츠러들었다. 세 시간을 헤매고 자정이 되어서야 마리아 집에 도착했다.

180cm가 넘는 키에 짧은 머리를 한 여자가 문을 열어줬다. 룸메이트가 고향에 내려간 한 달 동안 그의 방을 카우치서핑 게스트에게 내주고 있다고 했다. 패턴 디자이너라는 직업과 그의 집은 완벽히 어울리는 한 쌍 같았다. 마치 패턴

디자이너인 주인공의 직업을 보여주기 위해 지어 놓은 영화 세트장 같았다. 마리아가 좋아하는 작품 몇 점을 직접 소개해줬다. 처음 보는 동양의 여자애에게 눈을 반짝이며 자기 일을 설명하는 그가 멋지고 부러웠다. 얘기를 듣다가 늦게 문을 두드리게 된 사연을 설명하며 사과했다. 그는 새로운 시즌에 선보일 작품을 준비하느라 야근을 하고 있어 상관없다고 했지만, 첫 호스트에게 불편을 끼친 것 같아 마음이 썩 좋지 않았다. 하지만 미안한 마음과는 별개로 잠이 쏟아졌다.

“나는 아직 할 일이 남았어. 여기까지 오느라 피곤할 텐데 짐을 풀고 먼저 자도 좋아.” 책상 앞에 허리를 꼿꼿하게 세우고 앉은 마리아를 뒤로하고 빨간 체크 이불에 몸을 맡겼다. 다음에 헬싱키로 돌아오면 그가 일하는 미술관에서 다시 만나기로 약속을 해뒀다. 창밖으로 비치는 헬싱키의 하늘이 붉게 변해 있었다. 내일은 헤나를 만나러 핀란드에서 두 번째로 큰 도시, 탐페레로 떠날 계획이었다.

아침에 일어났을 때 마리아는 이미 출근하고 없었다. 나는 그가 남긴 쪽지에 따라 핀란드식 아침 식사를 했다. 하루 식비를 10유로로 다소 팍팍하게 책정한 터라 이런 아침 식사가 무척이나 고마웠다. 버스 터미널과 연결된 마트에 들러 1유로를 내고 딱딱한 빵 두 덩이를 샀다. 커피 한 잔이 간절했지만 꾹 참았다. 전체 일정을 위해 순간의 작은 욕구를 참아낸 스스로가 기특했다. 버스 출발 5분 전, 화장실을 찾았다. 오늘 식사의 두 배 값인 2유로를 내야 공중화장실을 이용할 수 있다고 했다. 아시아에서 바로 유럽으로 넘어온 내겐 대단히 생소하고 섭섭한 개념이었다. 시간이 빠듯해 더 고민할 수는 없었다. 급하게 돈 봉투를 꺼내 화장실을 이용한 다음 부랴부랴 버스에 탔다.

탐페레 역의 헤나

탐페레행 버스는 핀란드의 대자연을 파노라마로 관람할 수 있는 더없이 좋은 기회였다. 넓게 펼쳐진 들판과 고요한 호수가 번갈아 나타났다. 자작나무 숲, 파란 하늘, 조각 구름, 반짝이는 호수를 하염없이 바라봤다. 차만 타면 까무룩 잠드는 나지만, 한시도 쉬지 않고 창밖을 구경했다. 마음이 다 넓어지는 기분이었다. 핀란드 사람들은 조금만 걷다 보면 바다를 만나고, 건물을 돌아서면 울창한 숲길과 호수를 만난다. 일상에서 대자연을 누리며 살아간다. 이곳의 여름은 한국의 초봄 정도로 다소 쌀쌀했지만 우리의 여름과 마찬가지로 생동감이 넘쳤다. 얼음이 녹고 나무가 우거지고 풀이 성인 키만큼 자라났다. 이 땅에 깃든 모든 생명의 전성기를 보는 것 같았다.

탐페레 역에 내렸다. 헤나가 마중나와 있었다. 헤나는 지난 태권도 대회 때보다 조금 더 건장해진 모습이었다. 어제

외운 핀란드어 인삿말 "모이Moi"를 외치며 반갑게 인사를 건넸다. 일정이 빡빡하니 일단 버스 이용권을 끊자며 헤나가 나를 이끌었다. 돈을 꺼내려는데, 헐…. 헬싱키 버스 터미널에서 마지막에 들른 공중화장실 변기 위에 돈 봉투를 두고 왔다는 사실을 깨달았다.

환전한 돈을 왜 한 봉투에 그대로 넣어놨을까, 환전은 한꺼번에 왜 이렇게 많이 한 걸까, 돈과 물건을 잃어버리는 실수를 왜 매번 반복하는 걸까, 애초에 변기 위에 돈 봉투를 왜 올려놨을까, 화장실에서 나오기 전에 왜 뒤를 돌아보지 않았을까, 버스에서 왜 짐 정리를 다시 하지 않았을까…. 괴로운 생각이 꼬리에 꼬리를 물고 이어졌다. 여행도 그만두고 이렇게 사는 일도 그만두고 싶었다. 핀란드 사람들의 시민 의식에 기대어 몇 군데 전화를 걸었지만 발견된 분실물은 없었다. 이럴 때일수록 정신을 바짝 차려야 했다. 나도 내가 이렇게 황당한데, 하물며 자기 나라를 소개할 기대감을 잔뜩 안고 마중까지 나온 헤나는 어떻겠는가. 세상에서 소설과 에세이를 가장 잘 팔고 달리기를 잘하는 작가 무라카미 하루키도 이렇게 말했다. "여행이란 근본적으로 피곤한 것이며 쌓여가는 피로감과 늘어나는 분실물로 비참함이 끝없이 이어지는 것"이라고.

내게 허락된 예산 120만 원 중 분실한 돈은 딱 절반, 500유로였다. 급한 대로 체크 카드로 돈을 인출했다. 수중에 있던 달러도 모두 환전했다. 애써 분실물을 잊으려 노력하며 한국에서의 추억을 주섬주섬 꺼냈다. 버스에서는 헤나가 좋아하던 한국어 단어로 대화를 이어나갔다. 헤나는 발음이 귀엽다는 이유로 '나무'나 '나비'를, 글자 모양이 귀엽다는 이유로 '우유'나 '또' 같은 단어를 좋아했다. 그로부터 3년이 지났지만, 헤나는 그 단어의 생김과 말하는 법을 그대로 기억하고 있었다. 집에 도착하자마자 헤나는 신선한 채소를 올린 핀란드식 오픈 샌드위치를 만들어줬다.

어둠이 오지 않는 밤이면

그날 저녁의 스케줄은 펍에서 공개 코미디 쇼를 보면서 핀란드 맥주 론케로Lonkero 마시기. 조도가 낮은 통나무집에서 도수가 낮은 맥주를 홀짝이다 보니 어느새 자정이 되었다. 코미디 쇼는 도통 알아들을 수 없었지만 즐거워하는 사람들을 보는 것만으로 좋았다. 밖은 여전히 밝았다. 낮술을 한 기분이었다. 여기서 더 북쪽으로 올라가면 여름에는 73일간 해가 지지 않는다고 했다. 반대로 겨울에는 51일간 해가 뜨지 않고. 신기한 일이다.

다음 날 일정도 빼곡했다. 무민 박물관에 갔다가 시내 구경을 하고 헤나가 다니던 대학 교정을 산책하고 호수 옆 사우나에 들렀다. 해가 지지 않으니 도무지 피곤한 줄도 몰랐다. 한 폭의 그림처럼 파란 하늘과 잔잔한 호수 사이에 통나무로 지어진 사우나 건물이 있었다. '사우나Sauna'는 국제적으로 사용되는 핀란드어로 달궈진 돌에 물을 끼얹을 때 생기는 수증기를 이용해 몸을 따뜻하게 하는 원리를 따른다. 여름이라지만 호수는 아직 얼음장처럼 차가웠다. 시키는 대로 호수에 머리까지 담갔다가 사우나에서 땀을 흘리기를 반복했다. 건강해진다는 말에 이를 덜덜 떨며 호수에서 3분, 사우나에서 10분을 버티며 호수와 사우나를 왔다갔다 했다.

어둠이 오지 않는 밤이면 늦게까지 시나몬 롤, 초코칩 쿠키, 망고 크림 케이크 같은 걸 구웠다. 혀가 얼얼할 정도로 달고 목구멍으로 미끄러져 들어갈 정도로 크리미해야 딱 적당하다고 헤나는 강조했다. 밤마다 뭔가를 반죽하고 굽고 장식하는 동안 밖에는 빨간 하늘이 잠시 스쳐 지나갔다. 이내 오븐에서 디저트가 구워지는 달콤한 향기와 함께 다시 아침해가 떴다.

탐페레에서 지내는 마지막날에는 퓌키니 전망대에 올랐다. 탐페레 사람들 사이에는 대학 졸업식 날 전망대 꼭대기까지 줄을 타고 올라가 다이빙을 하는 전통이 있다 했다. 그렇게 사회로 나갈 용기가 충분한지 검증한다고. 헤나는 호텔 관광학에서 간호학으로 전공을 바꾸느라 전망대에서 두 번이나 뛰어내렸다고 한다. 졸업 시즌과 맞물려 전망대 주변에는 오르고 내리길 기다리는 학생들이 긴 줄을 섰다. 우리는 돌계단으로 꼭대기에 올랐다. 호수와 숲에 둘러싸인 탐페레의 경관이 한눈에 보였다. 용기를 증명하는 데 성공했으면 이곳에서 꼭 먹어야 하는 음식이 있다. 우유와 달걀 없이 물과 밀가루로 만든 핀란드식 도너츠 뭉키Munkki. 기름에 튀겨서 설탕과 향긋한 계핏가루를 듬뿍 묻힌 뭉키는 우리네 옛날 도너츠와도 닮아 있었다. 헤나와 나는 커피 한 잔에 뭉키를 두 개씩 사 먹었다. 두 배의 용기와 힘을 낼 수 있을 것 같은 기분이 들었다. 언니 없이도 남은 여행을 잘할 수 있겠지?

빈 지갑의 북유럽 여행 2

핀란드의 마트는 셀프 서비스로 운영된다. 소비자가 직접 제품을 고르고 포장하고 무게를 재 가격표를 붙여야 한다. 계산대에서 바코드를 찍고 카드를 긁는 것도 스스로 한다. 지금이야 한국에서도 흔한 일이지만, 10년 전에는 놀랄 일이었다. 가뜩이나 나는 직전까지 베트남에 있다가 넘어간 터라 더욱 생경하고 신기했다. 베트남에선 계산대에 두 명이 서 있는데…. 한 사람은 계산하고 한 사람은 비닐 봉투에 제품을 담으면서. 세상에는 서로 다르고 신기한 게 너무나 많다. 밤마다 손마디가 얼얼하도록 일기를 써도 모자랐다. 그날 일기장에는 핀란드는 인구가 적고 인건비가 높아서 계산하는 기계를 만들었을까, 같은 얘기를 끄적거렸다. 매사 스스로 해야 하니 번거로웠지만, 덕분에 평소 모르고 넘어가던 것들을 알아차릴 수 있었다. 먹기 좋은 채소를 고르는 법을 익혔고, 바코드 위치에 따른 포장 디자인 같은 부수적인 요소들이 눈에 들어왔다. 새로운 환경에는 모름지기 새로운 시각이 따르기 마련이다.

핀란드는 지구 북쪽에 있는 추운 나라이니 뜨거운 음식을 많이 먹을 거라 생각했다. 하지만 예상과 달리 찬 음식이 많았다. 생채소와 생햄을 올린 샌드위치나 차가운 면에 채소를 얹어 먹는 콜드 파스타나 밤새 냉장고에서 불린 차가운 오트밀에 살구잼을 곁들여 먹었다. 또, 건물 입구마다 거친 솔이 비치되어 있었다. 실내에 들어가기에 앞서 눈과 얼음이 들러붙은 신발을 털기 위한 장치였다. 한여름을 제외하고는 늘 눈보라가 몰아치는 나라에서나 필요한 물건이었다. 와보지 않고는 상상도 못할 것들이었다.

끼니마다 낯선 북유럽의 음식을 맛보았다. 이는 멀리 아시아에서 온 내게 핀란드 음식을 모조리 먹이겠다는 헤나의 굳은 의지 덕분이었다. 새까만 탐페레식 소시지에 북유럽에서만 나는 빨간 링곤베리 잼을 곁들여 먹는 무스타마

카라Mustamakkara, 씹을 때마다 요란한 고무 슬리퍼 밑창 소리가 나는 치즈 레이파유스토Leipäjuusto, 살구잼을 얹어 아침마다 먹는 오트밀 죽 푸로Puuro, 순록 젖으로 만든 버터, 홍어보다 1000배나 악취가 심하다는 청어 절임 수르스트뢰밍Surströmming, 감초로 만든 짭조름한 핀란드식 엿 살미아키Salmiakki, 밀가루 반죽에 밥알을 넣고 구운 파이 카리알란피라카Karjalanpiirakka, 호밀로만 반죽해 진흙처럼 생긴 디저트 맘미Mämmi…. 퀘스트를 깨듯 매끼 낯선 것들을 하나하나 입에 넣고 오물오물 천천히 맛봤다.

잃어버린 돈 봉투는 잊고

도시 하나를 이렇게까지 꼼꼼하게 일주일씩 여행할 수 있었던 것 역시 전공자이자 전문가인 헤나 덕이었다. 자연에서 천천히 걷고 건강하게 먹고 큰소리로 웃는 사이 잃어버린 돈 봉투 같은 건 진작에 잊어버렸다. 대신 그 자리에 헤나가 알려준 핀란드어 단어 몇 가지가 자리했다. 핀란드어는 단어만 들어서는 아무것도 연상되지 않는다. 세상 어느 말과도 닮지 않았으며, 몇 번을 들어도 외워지지 않는다. 유럽에서는 전쟁 때 암호로 핀란드어를 사용했을 정도로 독자적인 언어라고 한다.

유난히 긴 겨울을 지내야 하는 핀란드 사람에게 여름은 1년을 버티게 하는 너무나 소중한 계절이다. 일주일의 휴가를 내고 그 시간을 통째로 내게 탐페레를 보여주는 데 할애한 헤나 덕에 나는 여전히 핀란드를 몇 가지 방법으로 생생하게 감각한다. 살미아키의 텁텁함, 무스타마카라의 기묘한 비주얼, 사우나가 주는 위안 같은 것을 통해 말이다.

다음 도시는 투르쿠로 계획했다. 투르쿠는 212년 전까지 핀란드의 수도였던 유서 깊은 도시다. 기차표 예매를 도와준 헤나가 간식까지 잔뜩 챙겨줬다. 주말 오후여서 마트와 음식점, 카페 등 어느 곳도 영업하지 않을 거라고 했다. 주말 오후라면 다들 밖에 나가 데이트를 하고 외식을 즐기는 때가 아니던가, 의아해하며 간식거리를 받았다. 헤나 말이 맞았다. 거리마다 가게들이 문을 굳게 걸어 잠그고 있었다. 헤나의 조언과 사려 깊은 배려가 없었다면 배를 채울 것을 찾아 텅 빈 거리를 헤맸을 것이다.

투르쿠에서는 사진을 찍고 취미로 드럼을 치는 자콘마키라는 친구 집에 머물렀다. 5층짜리 빌라였는데, 엘리베이터가 몹시 작았다. 북유럽 사람들은 대체로 키가 큰데, 엘리베이터는 왜 이렇게 작게 만드는 건지 의아했다. 자콘마키는 반짝반짝 윤이 나는 곱슬머리를 어깨까지 기르고 두꺼운 안경을 쓰고 있었다. 직접 찍은 사진과 카메라 렌즈, 드럼 스틱, 음반, 머리끈 등이 집안 곳곳에 널부러져 있었다. 해가 좀체 지지 않는 저녁엔 투르쿠 대성당을 향해 아우라 강변을 따라 산책했다. 오래된 건물들이 뿜어내는 고즈넉한 분위기에 취해 걸었다. 소파에 앉아 영화 〈킹스맨〉을 보며 냉동 피자를 돌려 나눠 먹었다. 이미 본 영화지만, 고급 음향 기기로 즐기니 색다르고 좋았다. 자콘마키의 낡은 소파에 누워 섬유 유연제 향이 짙게 밴 담요를 덮은 채 여독을 풀었다.

투르쿠 시립 도서관에 앉아

이른 시간부터 눈이 떠졌다. 쪽지를 써서 남기고 짐을 챙겨 나왔다. 희붐한 새벽 시내를 걷다 보니 선데이 마켓이 나타났다. 부지런히 짐을 부리는 무리가 보였다. 날이 쌀쌀했다. 핀란드 패스트푸드 전문점인 '헤스부르거Hesburger'에서 작은 햄버거를 사 먹으며 노점이 펼쳐지길 기다렸다. 후식으로 과일과 아이스크림을 고민하다 과일을 골랐다. 체리 한 바가지가 아이스크림보다 저렴했다.

적당히 배가 부른 채로 투르쿠 시립 도서관을 찾았다. 높은 층고에 모던한 인테리어, 통유리에 북유럽식 가구 구성까지, 건축을 공부하는 동생과 왔으면 좋았겠다는 생각을 잠시 했다. 뭔가를 잘 아는 사람은 볼 줄 아는 것도 많아 이야기가 끊이지 않던데, 미술·예술·건축 등의 분야에 기초 양식을 쌓지 못한 나는 "와, 여기 되게 좋다"는 감탄사를 뱉는 게 할 수 있는 전부였다.

이곳 도서관은 정숙해야 하는 장소의 개념이 아니라 책을 매개로 한 테마파크 같았다. 딱딱한 책상과 쌍을 이룬 의자, 쌀쌀맞은 파티션 대신 중앙에는 아주 커다란 책상이 놓여 있었다. 책상에는 들고 옮길 수 있는 탁상용 조명과 콘센트가 넉넉하게 비치돼 있어 각자 원하는 자리에 앉아 책을 쌓아놓고 보거나 노트북 자판을 두드릴 수 있었다. 눕다시피 허리를 뒤로 젖힐 수 있는 소파와 유리공 모양의 공중 의자, 전시 공간, 우산과 휠체어 대여소, 성 중립 화장실, 수유실 등이 책을 찾아온 각양각색의 사람들을 두루두루 환영했다. 만화책 한 권을 보고 도서관을 둘러보는 동안 쌀쌀했던 날씨가 조금 풀렸다.

와이파이를 사용하기 위해 카페로 자리를 옮겼다. 도서관에 딸린 카페에는 테이블마다 생화가 놓여 있었다. 그윽한 커피 향과 달달한 꽃향이 기분을 설레게 했다. 카페라테를 주문해 소중하게 안아 들고 자리에 앉았다. 각자 오후 시간을 즐기는 사람들을 구경하다가 카우치서핑 사이트에 접속했다. 어젯밤 보낸 메시지에 답장이 왔는지 확인해야 다음 여정을 정할 수 있었다. 이미 다른 게스트를 구했거나 호스트가 다른 지역을 여행 중이거나 수신 확인을 하지 않은 경우가 대부분이었다. 하지만 진심을 담아 보낸 메시지에는 그만큼 성의 있는 답변이 돌아오기 마련. 한국을 향한 호기심, 비슷한 취미를 바탕으로 싹튼 호감, 식사를 함께하며 친구가 되고 싶다는 진심 어린 마음이 오가는 사이에서 빈 카우치를 찾았다.

그날 밤, 기차를 타고 헬싱키로 돌아갔다. 알바 알토 대학에서 건축을 전공하는 학생 둘과 강아지 한 마리가 사는 집을 찾아 나섰다. 오는 길을 열 줄이 넘는 메시지로 상세하게 설명해준 덕에 힘들이지 않고 찾을 수 있었다. 건축가 알바 알토는 핀란드가 유로를 도입하기 전까지 사용했던 자국의 지폐에 얼굴이 새겨질 정도로 이 나라 사람들에게 존경받는 인물이다. 그때까지 왕이나 대통령이 찍힌 지폐가 일반적이라고 여겼던 나는 그 사실을 통해 핀란드 사람들이 집과 주거에 얼마나 많은 애정과 관심을 쏟는지 엿볼 수 있었다.

졸업을 앞둔 여행자들

또다시 늦은 시각에 호스트의 집을 찾는 실례를 범했지만, 일을 마치고 방금 퇴근했다는 호스트들은 발랄하기만 했다. 손을 씻으려고 화장실을 찾자 이렇게 안내했다. "'바비가 있는 문(Door with the Barbie)'을 열면 손을 씻을 수 있어.

짐은 '간달프가 있는 문(Door with the Gandalf)'이 딸린 방에 두면 돼. 그곳이 오늘 너의 방이야." 집에 딸린 모든 문과 벽에는 잡지에서 오린 만화와 사진이 붙어 있었다. 자기가 좋아하는 걸 알고 가까이 둘 줄 안다면 즐겁게 사는 법은 이렇게나 간단하고 쉽다. 언젠가 집으로 돌아가면 나도 거실, 안방, 화장실, 작은방 같은 뻔한 명칭 말고 어울리는 단어나 좋아하는 캐릭터를 활용해 봐야지. 미술관과 유적지, 전시회에 갈 수 없는 빈손의 여행자는 주변에서 뭐라도 배우고 깨닫고 얻어 가려 했다.

낮에 본 투르쿠 시립 도서관 얘기를 꺼냈다. 핀란드는 길고 깜깜한 겨울을 지내야 하는 독특한 기후를 가졌으며, 산과 호수 사이에 고립된 건물이 많아 지리적 한계를 극복하기 위해 빛의 투과량이 많은 유리 소재를 건축에 자주 사용한다고 했다. 겨울이면 바깥 활동이 어려우며 하루 종일 사위가 어둡기 때문에 우울해지기 쉬우므로 그 환경 속에서도 활력을 잃지 않기 위해 화려하고 밝은 색감의 카페트나 가구를 들여놓는다고도 했다. 얘기를 듣는 동안 이딸라 iittala의 화려한 패턴이 새겨진 접시들이 알록달록한 색감으로 테이블을 채워 나갔다.

마침 야식이 생각나던 참이라며, 두껍게 썬 카망베르 치즈와 갓 구운 바게트, 과일을 내주었다. "베리류는 핀란드산이 맛있는데, 아쉽게도 마침 할인하는 상품이 네덜란드산 딸기뿐이었어. 이 나라를 떠나기 전에 꼭 핀란드산 베리를 맛보길 바라. 진짜 맛있거든."

또래들이 모인 밤은 늦게까지 끝날 줄 몰랐다. 여행을 가는 것만큼 집에서 여행자들을 재우는 일을 즐긴다는 그들은 그동안 호스트들이 남기고 간 이야기를 아낌없이 들려줬다. 게스트가 열어 놓고 간 창문으로 들어온 비둘기와 이틀을 함께 지낸 사건, 매사에 리액션이 큰 캐나다 남자가 일주일에 일곱 번씩 49일이나 게스트로 들른 사건, 설거지를 꼼꼼하게 잘하는 게스트와 통하는 언어 없이도 소통을 잘하는 게스트, 늦가을이 되면 나무 열매가 숙성해 알코올 발효되는데 그걸 먹고 취한 야생 동물까지, 이야기는 꼬리에 꼬리를 물고 이어졌다.

사회로 나가야 하는 나이인 만큼 현실적인 얘기들도 섞여 있었다. 유명 대학에서 열심히 공부해 수료했지만, 서른 곳 넘게 낸 이력서에 돌아온 반응은 차갑고 시큰둥했다고. 두 군데서 면접을 보자는 연락이 왔지만, 모두 불합격을 통보받고 지금은 공사장에서 청소하는 일을 한다고 했다. 나는 남의 자랑에는 얼마든지 호들갑을 떨며 축하할 수 있지만, 남의 힘든 얘기 앞에서는 어쩐지 고장나고 만다. 상대의 감정을 위로하기 위해 내가 더 바보 같다거나 불행하다는 증거를 찾아 불행 배틀을 신청하게 된다. 습관적으로 한국의 심각한 취업난을 말하려는데, 그의 대답이 나를 막아섰다. "일을 구하게 되어 기쁘고 보람차. 남들이 일하지 않는 늦은 밤이나 새벽 시간에 일하다 보니 평소 내가 볼 수 없었던 것들을 볼 수 있어. 그게 특별하고 재밌어."

아침에 눈을 뜨니 그들은 새벽같이 출근하고 없었다. 대신 방문에 '냉장고를 열어 준비한 아침을 꼭 먹고 가라'는 쪽지가 붙어 있었다. 그들이 사 둔 요거트 옆에는 미니언 피규어가 수줍은 표정으로 서 있었다. 물과 요거트, 케첩이 전부인 텅 빈 냉장고에 카우치서핑 호스트의 아침 식사를 챙기는 넉넉한 마음이 깃들어 있었다.

아무도 하지 않을 것 같은, 바보 같은 실수로 여행의 시작과 동시에 가진 돈을 잃었다. 근사한 레스토랑에서 밥 한 끼 먹을 돈도 없고, 변변한 옷도 없어 아침저녁으로 오들오들 떨었으며, 잘 곳도 마땅찮아 매일 다른 호스트를 찾아야 했다. 그래도 여행은 계속되었다. 생각해보면 별일도 아니었다. 전쟁통에 혼자 카메라를 들고 취재를 나온 것도, 악어 떼가 숨어 있는 강을 맨몸으로 건너려는 것도 아니었다. 그저 스물두 살에서 스물세 살로 넘어가는 청년이 조금 부족한 돈으로 북유럽을 여행하려는 것뿐이었다. 돈도 아깝고 잃어버린 기회도 속상했지만, 그런 마음을 들여다보고 있기에 핀란드의 여름은 무척이나 아름다웠다. 운 좋게 1년 중 손에 꼽히게 좋은 날씨에 북유럽 풍경 속에 있었다. 쌀국수와 반미로 축적한 두툼한 몸은 핀란드 여름의 쌀쌀함 정도는 거뜬히 견뎠다. 돈 봉투가 사라진 덕에 매일 밤 새로운 친구를 사귀며 그들의 친절에 감동할 수 있었다.

인후동 할머니와 풍남동 할머니

나를 반나절 이상 돌봐준 할머니들은 엄마한테 으레 눈을 흘겼다. 무슨 애기가 잠도 안 자고, 밥도 안 먹고, 그 와중에 대체 무슨 힘으로 그렇게 울기만 하는지, 징그러워 죽겠다고 했다. 전주시 인후동에 사는 정연자 할머니는 달랐다. 나에게 늘 속이 깊고 착한 아기라고 말해줬다. 키워 본 아기들 중에 내가 가장 야무지다고 했다. 지금 생각해보면 정연자 할머니는 엄마의 엄마여서 딸의 마음을 다치게 하고 싶지 않았던 것 같다. 아무튼 정연자 할머니는 엄마한테 내 흉을 보지 않은 데다가 밥 먹기 전에 아이스크림을 먹어도 화를 내지 않았다. 뭐든 먹고 크라고 얘기해줬다. 늦은 밤이면 정연자 할머니의 막내 아들이랑 베란다에 서서 에이스 크래커를 먹었다. 할머니 막내 아들은 담배를 태우면서 나에게 에이스 크래커 봉지를 뜯어줬다.

정연자 할머니 집에서 밥 먹는 일은 드물게 즐거웠다. 연자 할머니는 고기 반찬을 연달아 숟가락 위에 얹어주는 일이 없었다. 양념이 뚝뚝 떨어지는 반찬을 집어 내 입 앞에 들이대며 "야야, 할머니 팔 떨어진다" 같은 소리도 하지 않았다. 이거 먹어야 엄마가 데리러 온다는 협박도 한 적이 없었고, 지금 안 먹으면 식탁을 치워 버리겠다며, 나중에 배고프다고 울어도 소용없다고 윽박지르지도 않았다. 밥그릇을 들고 놀이터까지 따라오거나 물어보지 않고 아무렇게나 국에 밥을 말지도 않았다. 다른 어른과는 달리 시금치를 먹어야 뽀빠이처럼 힘이 세진다는 비유도 하지 않았다. 나는 뽀빠이 세대가 아니어서 어차피 그가 누군지 몰랐다. 당연히 그 표현을 들어도 별 동기 부여가 되지 않았다. 정연자 할머니는 남과 비교도 하지 않았다. 특히 "넌 경준이보다 키가 작으니까 걔한테 오빠라고 불러야 한다" 같은 얘기로 내게 상처를 주지 않았다. 경준이는 훗날 남미로 이민을 간 윗집 애다. 아빠들이 입사 동기에, 같은 부서에서 일하는 사이여서 가족끼리 친하게 지냈다. 동갑이지만 4월생 남자애라 키가 나보다 컸다.

정연자 할머니의 인후동 집에는 먹을 게 떨어지지 않았다. 새벽에 잠에서 깼을 때 할머니를 깨우지 않고 혼자 챙겨 먹을 수 있는 것들도 있었다. 그중에 내가 가장 좋아하던 것은 찰밥이었다. 거실 탁자 위 대나무 채반을 열면 불린 찹쌀과 팥으로 지은 캐러멜 색 밥이 있었다. 간장과 참기름, 설탕 같은 걸 넣고 만들어 짭조름하면서도 달았다. 바람이 잘 드는 거실에 놔두어 밥알이 꼬들꼬들하게 말라 있었다. 수저 없이 손으로 떼어 먹어도 끈적하게 붙지 않았다. 팥이 너무 많아 퍽퍽하지도, 밥만 있어 단조롭지도 않았다. 나는 거실을 오가며 수시로 그 달고 짠 밥을 먹고 자랐다.

한참이 지나 중학생이 되었을 때, 엄마가 마트에서 찰밥을 사왔다. "너 이거 좋아하지? 어렸을 때 잘 먹었잖아." 랩에 쌓인 갈색 밥에는 '약밥'이라고 쓰여진 이름표가 붙어 있었다. 달콤한 간장 향이 났지만 예전에 먹던 것과 달랐다. 밥은 촉촉하고 끈적끈적했다. 대추, 단호박, 밤, 잣 등 너무 많은 재료가 섞여 있어 씹을수록 단맛이 차오르는 찹쌀을 충분히 씹어 즐기기 어려웠다. 진한 계피 향에 약과를 먹는 느낌도 들었다. 소쿠리에 담긴 정연자 할머니의 적당한 찰밥이 그리웠다.

아무튼 나는 정연자 할머니 말을 믿고 그냥 자랐다. 낯가림이 심해 새로운 어린이집에 도저히 갈 수 없는 날도 있었고, 또래보다 키가 작아 동생처럼 앉아 있던 날도 있었으며, 갈 데가 없어 엄마 교탁 밑에 앉아 있던 날도 있었지만, 내가 나쁜 아이가 아니라는 연자 할머니 말을 생각하면 별로 걱정이 되지 않았다. 할머니 집에서 그렇게 얼마간 살았다. 눈을 뜨자마자 다디단 요구르트도 마음껏 마시고, 쑥 향이 나는 롤케이크도 종종 사 먹었다. 그 맛이 여전히 혀 끝에 생생한데 어디에서 사 먹어야 할지 도통 알 수가 없다. 할머니 막내 아들이 다니던 대학 캠퍼스에 따라가기도 하고, 아빠를 한 달 만에 만나기도 했다. 할머니는 내가 아빠를 닮아 착하고 속이 깊다고 자주 말해줬다. 여전히 반 친구들보다 키가 한 뼘은 작았지만, 여섯 살이 되자마자 나는 태권도도 배우고 수영도 배웠다. 여덟 살에도 키가 작았지만, 무리 없이 초등학교에 입학했다. 친구들이랑 정글짐에서 탈출도 하고, 선생님을 웃기고, 부당한 일에 맞서서 친구 엄마와 싸우기도 했다.

무슨 일이 있을 때면, 그래서 내가 나에게 의심의 눈초리를 흘기게 될 때면, 지금도 연자 할머니가 내게 속이 깊다고 했던 얘기를 떠올린다. 내 자존감은 나약해 빠져서 매사에 오락가락하지만, 할머니가 날 괜찮은 사람이라 해준 말만큼은 확실히 같은 자리를 지키고 있다. 나는 여전히 내가 못미덥지만, 나를 믿어주는 사람은 믿는다. 할머니 말을 믿고 먹고 싶을 때 먹고 싶은 것만 먹고, 먹기 싫을 때는 먹지 않으면서도 그럭저럭 157cm까지 자랐다.

풍남동의 이영순 할머니

전주시 풍남동에 사는 이영순 할머니는 씩씩했다. 어린 이에게도 씩씩하게 사는 태도를 알려줬다. 다른 사람들은 동생은 작고 약하니까 뭐든 양보해야 한다고 한 반면, 이영순 할머니는 이렇게 말했다. "아끼는 물건 있으면 잘 챙겨. 남이 달라고 해도 절대 주지 말어. 주고 후회하는 것은 바보 같은 짓이여." 남과 다투다가 지쳐 포기하면 이렇게도 말했다. "왜 지는 게 이기는 거야? 이겨야 이기는 것이여. 이겨야 될 때는 이를 꽉 깨물고 어떻게든 이겨부러."

사는 게 지치고 슬퍼 눈물 짓고 있으면 이렇게도 말해줬다. "자꾸 울면 남들이 너 얕봐. 눈물이 나오면 화장실 가서 아무도 모르게 울어." 우는소리를 하면 사람들이 더 잘 들어주는 것 같지만 결국 모두 너와 멀어지게 될 거라고도 말했다. 이 얘기는 두고두고 사는 데 큰 도움이 되었다.

이영순 할머니는 옛날 얘기를 잘 해줬다. '옛날 옛적에'로 시작하는 전래 동화보다 할머니의 경험담이 더 생생하고 재미있었다. 이영순 할머니는 곡창 지대인 전북 정읍에서 태어났다. 일을 많이 하지 않아도 쌀이 잘 자라 먹을 게 풍족했다. 거친 보리나 잡곡을 섞지 않은, 보드라운 쌀밥을 양껏 먹으며 자랐다. 일제 강점기에 할머니의 아버지는 일본군에 끌려갔다. 성치 못한 몸으로 겨우 돌아왔지만, 얼마 못 가 돌아가셨다. 아버지가 일찍 돌아가시는 바람에 영순 할머니에게는 딱 한 명의 남동생만 남았다. 어려운 상황에서도 할머니는 남을 탓하고 눈물 흘리는 대신 씩씩하게 지냈다. 아무도 할머니를 얕보지 않았다.

할머니는 정읍에서 임실로 시집왔다. 시댁 어른들이 다 키가 컸다고 했다. 그중에서도 아주버님은 키가 2m에 달하는 장신이었다. 영순 할머니는 150cm가 되지 않는 키를 하고 있었다. 큰 아이를 낳을 수 있을 거란 희망으로 결혼을 결심했다. 그런데 이상하게 자기가 낳은 애들만 키가 크지 않았다. 그래서인지 손녀인 나도 키가 크지 않는다며 자주 속상해했다.

이영순 할머니는 딸 셋과 아들 하나를 낳았다. "내가 옛날 사람이지만서도 아들만 귀하게 여기지 않았어. 딸들은 공주처럼 우아하게, 아들은 일꾼처럼 씩씩하게 키웠어." 할머니 자식들은 우아하면서 씩씩하게 자랐다. 영순 할머니 얘기를 듣는 게 좋았다. 할머니가 태어나고 자란 시대는 꼭 다른 세계 같았다.

이영순 할머니는 명절이나 잔치를 앞두면 오징어로 기가 막힌 예술 작품을 만들었다. 반쯤 말린 오징어를 가위로 촘촘히 잘라 돌돌 말아 모양을 냈다. 오징어는 학이 되어 날개를 펼치기도 하고 장미꽃이 되어 피어나기도 했다. 옆에서 떨어진 오징어 조각을 주워 먹으며 할머니의 오징어 아트

작업을 구경했다. 작은 조각을 가지고 이영순 할머니를 따라해본 적도 있다. "산만하게 굴지 말고 다른 소리 듣지 말고 오징어만 봐. 가위로 자를 때는 숨을 딱 멈춰. 그러면 실수 없이 이렇게 맨들 수가 있어." 숨을 참을 정도의 집중력이면 뭐든 할 수 있다. 오징어로 사슴도, 학도, 꽃도 만들 수 있다.

할머니가 예전의 기력을 가지고 있었다면 용띠 아기를 위해 오징어로 용을 만들어줬을지도 모른다. 이영순 할머니는 내 전 남자친구를 본 적이 있다. 대학생이 되어 사귄 첫 남자친구였다. 할머니는 함께 밥을 먹고 돌아와 "귀 모양이 나빠 못 쓰겠다"고 했다. 귀는 얼굴 정면에 붙은 것도 아닌데 뭘, 대수롭지 않게 넘겨 들었다. 여름 방학이 지나고 그 남자에게 잠수 이별을 당했다. 할머니는 연인들이 나란히 앉아 밥을 먹는 모습만 봐도 어떤 사이인지 안다. 할머니의 이야기는 나의 과거와 연결되어 있는 동시에 나의 미래를 알아차리는 힌트가 된다.

미래를 먼저 살아가는 여자 어른들

할머니 집들을 오가는 동안 나는 이렇게 자랐다. 욕심나는 일에는 욕심을 내고, 공평하게 상냥하고 다정하려고 노력한다. 속 깊은 아이 출신으로서 일희일비하지 않고 멀리, 크게 보려 한다. 물론 아직도 그 둘의 타이밍을 못 맞춰 당당해도 되는 때 찌질하게 수그리거나, 자제해야 할 때 나대버리는 때가 더 많다. 할머니 얘기를 내 삶에 투영하고 반영하는 과정에서 따르는 나름의 시행착오려니 한다. 내가 그 무렵의 할머니 나이가 되었을 때 나도 누군가에게 인생의 진리를 들려줄 수 있었으면 좋겠다. 두 명의 할머니가 들려준 이야기는 반대 같지만, 어느 하나 틀린 게 없다. 앞으로도 맞다고 생각하는 일에는 굽히지 않고, 하고 싶다고 결심한 일은 포기하지 않고, 애써 사람을 믿으며 살고 싶다.

이 글은 허리 수술을 마친 정연자 할머니 옆에 앉아 썼다. 연세가 많아서 더 이상의 수술은 어렵다는 의사 말을 뒤로하고 연자 할머니는 수술이 가능하다는 서울의 병원을 찾았다. 자주 걸어야 회복이 빠르다는 얘기를 듣고 아픔을 참고 병원 로비를 걸어 다녔다. 할머니는 포기하지 않는다. 끝까지 책임감을 가지고 방법을 찾아낸다. 무사히 회복한 정연자 할머니는 집으로 돌아갔다. 작년 여름에 나는 정연자 할머니 댁에 남자친구를 데리고 갔다. 그날을 위해 남자친구는 기르던 수염도 깨끗이 밀었다. 정연자 할머니는 이렇게 말했다. "무례하게 들릴 수 있는 걸 알지만 꼭 필요한 질문이라 묻네. 서울·경기권에 집은 있소? 남의 집에서 아이를 키우는 일은 어렵다네." 할머니는 우리 또래가 서울에 집을 사는 일이 드물고 어렵다는 걸 알았을까. 남자친구는 서울에 집이 없다고 답했다. 할머니는 방에서 쉬고 있는 할아버지를 불렀다. "여기, 조서방 사우(사위) 될 사람 좀 와서 보게." 얘기를 나눠보니 사람이 허세가 없고 차분해서 그걸로 됐다고 했다. 순한 남자와 나는 그해 가을 결혼했다.

연초에는 길에 황소가 서 있는 꿈을 꾸었다고 했다. 내게 전화해 임신했는지 물었다. 나는 아니라고 답했지만, 6주 후 산부인과에서 낯선 심장 소리를 들었다. 심장 소리 같진 않고 통화 잡음처럼 들렸다. 할머니들은 늘 나보다 앞선다. 앞서서 이 다음을 살아간다.

여름형 언니와 겨울형 동생

밑도 끝도 없는 두려움에 잡아먹힐 때가 있다. 오늘 누가 나한테 소리를 지를 것 같다든지, 어디선가 벼락처럼 코에 주먹이 날아들 것 같다든지, 식사 중 사레가 들려 앞사람 얼굴에 음식물을 뱉을 것 같은 공포감이 훅 밀려온다. 그런 생각은 출처가 불분명해 해결도 어렵다. 단, 특효약은 있다. 가장 평온한 순간을 떠올리는 거다. 예를 들면 가족이 함께한 날들 같은.

어린이집에서 옮아온 독감을 내가 어린 동생에게 옮겼다. 엄마와 아빠는 두 딸을 정성을 다해 돌보았다. 동생과 나는 번갈아가며 밤에 열이 올랐고 잠에 들지 못했으며 이불에 토하기도 했다. 며칠이 지나자 두 어른은 체력이 바닥났다. 면역력도 떨어졌다. 우리 독감은 어른들에게로 옮아갔다. 네 명이 거실에 누워 다함께 앓았다. 까무룩 잠에 빠져들었다가 머리맡에 놓인 물을 마시고 땀에 젖은 옷을 갈아입고선 다시 의식이 흐려지길 반복했다. 창밖에는 몇 번의 해가 뜨고 졌다. 가족들은 서로 손이 닿는 가까운 곳에 누워 있었다. 동생의 작은 몸에서 숨이 들고 나는 걸 지켜봤다. 평화가 마음에 번져왔다. 우린 안전해!

아프지 않고도 거실에 모여 같이 자는 날이 있었다. 열대야로 잠 못 드는 여름밤이었다. 그런 때는 에어컨을 틀었다. 일 년에 며칠 없는 날이었다. 그때는 모두가 절약하며 살았다. 에어컨을 가장 효율적으로 즐기기 위해 가족들은 먼저 대청소를 했다. 거실에 최대한 물건을 두지 않는 것이 여름 대청소의 핵심 포인트다. 청소가 끝나면 차례차례 샤워를 했다. 그다음엔 방방이 문을 닫고 에어컨을 켰다. 선선한 공기가 가득한 거실에 네 명이 모여 수박이나 참외를 먹었다. 〈개그콘서트〉를 보기도 하고 각자 책을 읽기도 했다. 밤이 되면 에어컨을 끄고 창문을 열었다. 선선해진 공기와 바람이 뒤섞이는 걸 피부로 느끼며 잠에 들었다.

네 살 터울의 동생은 한겨울에 태어났다. "아기는 언제 나와?" 물으면 엄마는 "첫눈이 올 때 같이 올 거야"라고 답했다. 태어날 때 내 이름은 은비였으니 동생의 태명은 까비로 정해졌다. 〈은비까비〉라는 애니메이션을 방영할 때였다. 엄마는 어른들이 죽고 없어도 곁에 남을 친구를 만들어 주고 싶다고 했다. 동네에 딱 하나 있는 대형 마트 '한남슈퍼'의 차가운 대리석 바닥에 누워 분수대를 바라보며 은비와 까비만 남은 세상을 상상했다. 얇은 원피스 밖으로 나온 팔다리의 열기가 이내 식었다.

애매한 터울 탓인지 은비와 까비는 쉽게 가까운 사이가 되지는 못했다. 엄마가 묶어놓은 사이가 아니라면 서로 거들떠보지 않았을 거다. 둘은 자매라고 믿을 수 없을 만큼 다른 사람이었다. 까무잡잡한 피부에 짧은 머리, 통통한 팔다리에 걸걸한 목소리를 한 나는 어려서부터 트레이닝복을 한 벌로 입는 걸 좋아했다. 여름엔 태권도장 하복, 겨울엔 태권도장 동복을 입었다. 더 어려서는 아기스포츠단 체육복을 짝 맞춰 입었다. 동생은 하얗고 팔다리가 가늘고 길었다. 이마에는 잔머리가 곱슬거렸고 엄마가 아침에 묶어준 머리 그대로 하원했다. 원피스에 구두, 치마에 코트를 좋아했고 그런 옷이 잘 어울렸다. 시간이 지나도 동생은 낯선 존재였다.

깔라야안과 판데살

열세 살 때, 방학 동안 필리핀에 간 적이 있다. 엄마는 늘 영어 공부에 목말라 있었고, 나는 살던 곳과 다른 그곳이 마냥 좋았다. 여름이 지나고 아예 필리핀의 학교로 전학을 했다. 나는 6학년이었고 영어로 말하는 일이 즐거웠다. 필리핀 사람들이 쓰는 타갈로그어를 새로 배우는 일도 마음에 들었다. 한국에서는 못 풀던 수학 문제를 거기서는 자신 있게 풀고 설명할 수 있었다. 저학년인 동생은 달랐다. 이제

알파벳을 겨우 익힌 그 아이에게 영어로 듣고 말하는 수업은 버거웠다. 덩치가 한참 크고 말이 통하지 않는 친구들은 불편했을 거고. 쉬는 시간이면 동생이 교실 앞으로 찾아왔다. 몸보다 한참 큰 교복을 입은 하얗고 작고 마른 애가 말없이 서 있었다.

필리핀 학교는 세 달쯤 다니다가 말았다. 한국에서 중학교를 다니기로 하고 귀국했다. 엄마는 짧은 시간 동안 집을 구하고 두 딸을 전학시키는 동시에 자기 공부까지 하느라 정신이 없었다고 했다. 엄마가 성가신 일을 모두 해결해준 덕에 나는 엄마와 동생 사이의 돈독한 팀워크를 누릴 수 있었다. 우리 셋은 한 팀이었다. 아침엔 갓 구운 판데살Pandesal(필리핀 사람들이 즐겨 먹는 모닝빵!)에 TV 광고에 나오는 '텐더 주시 핫도그' 소시지를 끼워 먹었다. 누가 우리에게 어디에 사느냐고 물으면 '깔라야안'이라고 답했다. '야'와 '안' 사이에 염소가 우는 듯한 떨림소리가 들어가는 발음이 웃기다고 생각했다. 더 자주 동네 이름을 말하고 싶었다. 하교 전에는 매점에서 오레오 셰이크를 사 마시고 컵에 담긴 어묵 튀김에 칠리 소스를 잔뜩 뿌려 먹었다. 학교를 마치고서는 애니메이션을 실컷 봤다. 니켈로디언 채널의 괴팍한 만화와 디즈니의 느끼한 만화를 보고 또 봤다. 한국에서는 이렇게 길게 만화를 보면 안 됐지만, 여기서 영어로 보는 건 괜찮다고 했다.

동생이 우리 반 앞에 서 있을 때면 빼꼼 내다보고 말했다. "야, 자꾸 오지 마." 그러면서도 걔의 기분을 살폈다. 시간이 지나면서 동생은 조금씩 나아졌다. 스쿨버스를 타는 표정이 조금씩 밝아졌고 우리 교실도 예전처럼 자주 찾지 않았다. 그 몇 달이 동생에게 너무 힘들고 슬픈 기억으로 남았으면 어쩌나, 후회할 때가 있다. 쉬는 시간에 특별히 할 것도 없었으면서 동생에게 오늘 수업은 어땠는지 물어나 볼걸, 학교 산책이나 한 바퀴 같이 하자고 할걸. 교실 앞에 말없이 서 있던 그 애는 이제 나보다 10cm 넘게 크고 영어도 자신 있게 한다. 예전 기억을 쓸쓸하게 혼자 묻어두는 대신 깔라야안 얘기에 웃고 유튜브에서 레시피를 찾아 추억의 판데살을 혼자서 구워 먹는다.

홀짝홀짝 마시는 겨울과 벌컥벌컥 들이켜는 여름

우리 가족은 짧게는 2년, 길게는 6년마다 이사를 다녔다. 나는 집과 내 공간을 향한 특별한 마음이 없었는데, 그게 이사를 자주 다녀서라고 생각했다. 하지만 이사를 같이 다닌 동생은 달랐다. 공간이 주는 위안을 일찍이 알고 건축가를 꿈꿨다. 동생은 대학교와 대학원에서 주거 환경과 건축을 전공했다. 같은 물을 마시고도 소는 우유를 만들고 뱀은 독을 만든다는데 같은 환경에서 다른 가치를 찾은 동생이 자랑스러웠다.

우리는 같은 대학교를 다녔다. 베트남에서 귀국해 4학년이 되려던 참에 동생이 입학했다. 동생은 내가 친구와 지내던 자취방으로 들어왔다. 살인자가 나타난다고 알려진 골목에 날림 공사로 지어놓은 반지하방이었다. 샤워를 하면 단차에 따라 화장실에서 거실로 물이 흘러내리는 구조였다. 그때 내가 공간에 기대한 최고의 가치는 낮은 월세였다.

고등학교 친구 소형이는 내가 살던 모든 집에 와본 애다. 창고를 개조해 만든 좁고 긴 방, 작아서 책상과 옷장 중 하나만 놓을 수 있는 방, 변기가 벽에 닿아 있어서 옆으로 앉아야 하는 화장실 등…. "그중에서도 동생이랑 살던 학교 앞 반지하가 제일 웃기고 이상했어. 집에 무슨 턱이랑 계단이 그리 많은지 울퉁불퉁…." 소형이는 중국으로 교환 학생을 떠나기 전 이 집에 들러서 자고 갔다. "네 동생이 새벽부터 닭볶음탕을 해줬어. 비행기를 타러 공항에 가기 전에 아침으로 준다고. 셋이 거실에 앉았어. 네가 종이 상자에 시트지를 붙여서 만든 테이블에 동생이 만든 닭볶음탕이 놓였어. 그때 동생이 내 밥그릇에 닭 날개를 얹어줬어. 그리고 이렇게 말했어. '날개 펴고 훨훨 날아가시길 바라며.' 어휴, 난 그런 애 처음 봤다."

가장 가벼운 옷을 입고 팔다리를 드러내고 크게 웃고 망설임 없이 행동하는 계절이 여름이라면, 겨울은 겹겹이 챙겨 입고 따뜻한 차를 호호 불어 조금씩 마시고 천천히 걷는 계절이다. 여름에 태어나 여름이면 생기를 찾는 내가 추구하는 것은 주로 다양한 경험이었다. 중학교 때 만든 인생 그래프에 스페인 유학, 무역 회사 설립, 대학교 명예 교수 같은 단어를 잔뜩 집어넣었다. 아이를 낳는다면 그 이름은 5대양 6대주를 따서 '시아' '리카' '니아' 같은 걸로 해야지, 생각했다. 각각 아시아·아프리카·오세아니아 대륙에서 낳을 예정이었기에. 어디서 들은 건지 거기엔 '원만한 합의를 통한 이혼' 같은 것도 한번쯤 해볼 법한 경험이라고 써놓았다. 참 나!

여름에는 열매가 덜 익어 떫은 맛이 난다. 햇살을 더 받으려고 고개를 빳빳하게 든다. 여름 같은 애는 막무가내라 '말은 해야 제맛' 같은 생각을 했다. MC 스나이퍼와 그의 크루 붓다 베이비가 만든 힙합 음악을 들었다. 학교에서는 선생님 성대모사를 우스꽝스럽게 했고 아무데서나 막춤을 추며 웃었다. 어디든 나서는 일에 빠지지 않아 '나댐이'라 불렸다. 느끼는 모든 걸 표현하길 좋아했고 남이 묻지도 않는 걸 떠들고 다녔다. 공식 석상도 아니고 단체의 의견을 대변한 것도 아니고 그냥 내 생각일 뿐이니까 내 맘대로 말해도 된다고 생각했다. 여기가 어디고 내가 누군지 모르지만 다리가 움직이는 게 재미있어서 일단 뛰고 보는 망아지 같은 시절이었다.

겨울 같은 애는 얼음장을 걷듯 조심스러웠다. 자신의 행동이 남에게 피해를 줄까 걱정했고 목소리가 크고 으스대는 사람은 가까이 하지 않았다. 좋아하는 인디 밴드 음반을

CD로 사서 같은 곡을 반복해 들었다. 어쩌다 화가 나는 일이 있어도 혼자 보는 일기장에 적으며 분을 삭혔다. 고양이를 안고 가만가만 쓰다듬으며 평화를 되찾았다. 내가 침을 튀겨 가며 '하나를 알면 열을 안다'고 남의 험담을 하면, 열을 안다고 해도 백까지는 알 수 없는 게 사람 일이 아닐까, 하고 말했다. 남이 하나만 보고 열을 착각하는 동안 그 애는 백까지 탐구했다.

여전히 밖에서 만났으면 저런 사람과는 친구가 되지 못했겠다고 생각한다. 그 생각을 한 것도 거의 30년째가 되었다. 차가운 겨울 같은 애와 펄펄 끓는 여름 같은 애는 서로를 피곤하다고 생각하면서도 멀어지지 못했다.

얼마 전에는 호주로 유학 간 중학교 친구 지혜를 만났다. "애가 되게 다운됐달까, 차분해졌달까, 많이 달라졌네. 내가 기억하는 너는 쉬는 시간 10분 동안 13반부터 21반까지 빼

놓지 않고 뛰어다니며 떠들던 앤데. 무슨 일 있었어?" 여름과 겨울은 만날 수 없는 반대의 계절이다. 동시에 하나의 흐름 안에서 같이 움직일 수밖에 없다. 동생은 내가 빌려준 너덜너덜한 배낭을 메고 유럽 여행을 다녀왔고 나는 말수가 줄었다.

도망친 곳에 과테말라

"하나만 알고 둘은 모르나 본데, 도망친 곳에 천국은 없어. 네가 지금 어디에 있건, 거기는 또 다른 지옥일 뿐이야." 멀리서 협박 메시지가 왔다. '예예. 하지만 저는 천국을 찾아 온 게 아닙니다. 거기 그 지옥에서 가만히 죽기는 싫어서 도망친 거예요. 여기가 또 다른 지옥이라면 그때는 또 제가 알아서 할게요.' 물론 이건 속으로 말했다.

4학년 2학기에 부랴부랴 입사한 직장은 힘들었다. 9시간이던 근무 시간은 10시간이 되고 12시간이 되더니 결국 17시간에 이르렀다. 잠깐 집에 갈 짬도 주지 않았다. 고생했다며 자주 술을 마시러 다녔고 정작 밥을 먹을 시간은 없었다. 그땐 바쁜 게 마냥 좋은 건 줄 알았다. 더 많이 일할 수 있어 좋다고 여겼다. 힘들었지만 힘든 줄 몰랐다. 잠을 안 자고 먹지 못해도 버텨내는 체력이 그저 기특했다. 보란 듯이 더 할 수 있음을 자랑했다. 눈이 침침했고 손가락 끝에 물집이 생겼다.

쉬는 날이면 유행하는 책을 읽고 유명 전시회를 찾아다녔다. 뭔가를 하고 있는데 이상하게 늘 불안했다. 목표의 종류를 늘려 갔고, 다이어리를 여백 없이 채우기 위해 세세한 일들까지 적어 나갔다. 온몸으로 '갓생'을 살았다. 무엇 하나 놓치고 싶은 게 없었고, 모두 잡으려 할수록 나는 더 엉망이 되어 갔다. 스스로 혹사하는 패턴에 갇혀 그 안에서 기쁨을 느끼고 괴로워했다.

"자, 준비됐으면 시작해볼까요?" 같은 건 없었다. 인생 전체에 걸쳐 늘 그랬다. 준비는 되지 않았고, 시작은 갑작스러웠다. 다 부질없다고 느낄 때쯤엔 상황은 걷잡을 수 없이 더 급하게 전개됐다. 벼랑 끝에 한참을 서 있다가 절벽 아래로 떨어질 것 같은 순간이었다. 딱 한 걸음 내딛고 보니 전혀 다른 세상이었다. 빠르게 퇴사 수속을 밟고 지구 반대편으로 날아왔다. "지구 반대편에 가서 숨어도 찾아낼 거야"라고 윽박지르는 소릴 듣고 있자니 '정말 그럴까' 싶은 마음이 들었다.

야마구치 슈가 쓴 책《뉴타입의 시대》에는 이런 말이 나온다.

"일이란 실제로 해보지 않고는 재미있는지, 잘하는지 결코 알 수 없다. (중략) 목적지가 정해져 있지 않더라도 아무래도 위험할 것 같다는 판단이 서면 재빨리 도망치는 것이 뉴타입의 방식이다." 나는 포기하는 게 아니다. 아무래도 위험할 것 같다는 판단이 서서 재빨리 도망치는 것이다. 이게 요즘 뉴 타입의 방식이라고.

과테말라 안티과

진짜 지구 반대편은 우루과이지만, 얼추 네 글자로 비슷한 과테말라로 날아갔다. 정확하게 대척점으로 향하는 건 식상하니까. 표를 끊고 나니 부모님이 당황해했고 자취방을 정리하는 데 애를 먹었으며, 계획란은 텅 비어 있었다. 사전 지식이 없어 비자가 문제되기도 했다. 미국을 경유하는 비행기인데, 그에 해당하는 비자가 없었다. 어찌어찌 겨우 해결했지만, 과테말라 땅에 비행기가 착륙하는 순간까지 머릿속은 뒤죽박죽이었다.

스페인어를 배우고 싶어 한 건 내 인생에서 꽤 오랜 역사를 지닌 일이다. '꿈은 없고 외국에서 살고 싶어요'를 시전하던 중고등학생 때부터였을 것이다. 스페인어를 사용하는 나라가 영어를 쓰는 나라보다 많다는 점에 매력을 느꼈다. 중국으로 교환 학생을 다녀온 후에는 영어, 중국어, 스페인어를 할 줄 알면 세계 90%에 해당하는 인구와 대화할 수 있다는 사실을 어디선가 듣고, 다음으로 배울 외국어로 스페인어를 결정했다. 수능 때도 스페인어를 제2외국어로 선택했다. 스페인어를 주로 사용하는 국가가 중남미에 모여 있다는 점은 동양의 인간에게 더욱 신비롭게 다가왔다.

과테말라의 수도 과테말라시티에 내려 안티과까지 미니버스를 타고 이동했다. 자갈 위를 구르며 버스가 흔들리는 통에 잠에서 깼다. 고개를 들어 창밖을 보니 알록달록 칠해진 집들 사이로 형형색색의 수가 놓인 옷을 입은 사람들이 보따리를 메고 걸어 다녔다. 안티과는 인디언과 여행자가 뒤엉켜 독특한 분위기를 자아내는 도시다. 편의시설과 호스텔이 많아 나처럼 사전에 계획을 세우지 못한 여행자에게도 꽤나 관대하고 호의적이었다. 비가 잘 내리지 않으며 연중 따뜻하거나 선선한 날씨를 유지했다. '영원한 봄의 도시'라는 별명을 실감했다. 영원한 지옥 구덩이 속에서 기어나온 내게 더없이 좋은 곳이었다.

걷다 보면 사람들이 끊임없이 나를 불러 세운다. 여행자가 있는 곳엔 호객꾼이 있기 마련. 동네에 어울리지 않는 커다란 캐리어, 낡은 배낭, 불안한 눈빛을 한 동양의 여행자는 쉽게 눈에 띄었다. 경계심을 풀고 모두의 이야기에 귀를 기울였다. 스페인어 수업, 근교 투어, 버스 예매, 휴대폰 개통, 맛집 소개까지 그들은 내가 무엇을 원하는지 정확히 꿰뚫고, 모든 해답을 가지고 있었다. 달러로 가져온 돈을 은행에 들러 환전했다. 은행까지 길을 안내해준 사람은 친구의 집이라며 한 게스트하우스로 나를 이끌었다. 따라가지 않을 이유가 없었다. 마당에 토끼가 뛰어다니고 어린 인디언이 사는 집이었다. 나는 그 자리에서 세 달치 방값을 한 번에 지불했다.

방을 충분히 둘러보며 가격과 조건을 따지지 않고 결정하다니, 답답하고 어리숙하다고 여길지도 모른다. 아무렴 상관없다. 손해 보지 않는 선택을 하려다가 진창에 발이 빠져 겨우 기어나온 내가 뭘 알겠는가. 돈을 잃는 건 조금 잃는 거다. 시간과 건강을 잃는 건 다 잃는 거고. 바보 같은 나는 이 집에서 행복하게 지내리라.

한국에 있을 땐 듣도 보도 못한 낯선 곳이었다. 과테말라에서도 특히 안티과는 태국 방콕의 카오산로드와 비슷한 이유로 사랑받았다. 위로는 멕시코와 국경을 접하고, 아래로는 수많은 남미 나라들이 펼쳐져 있다. 과테말라는 스페인어를 배워 중남미 여행을 시작하려는 여행자들이 특히 많이 모이는 곳이었다. 시간당 5미국달러의 가격으로 스페인어 수업을 들을 수 있으며, 그룹과 개인 교습 모두 가능했다. 학원과 자신의 숙소 중 장소를 고르는데, 이도 여의치 않으면 카페나 공원에서 배울 수도 있다. 학원의 경우, 하루 네 시간 이상 진행되는 긴 수업이 특징이다. 워낙 다양한 방법이 있어 발품을 팔아 신중히 결정하는 것이 보통이다. 한편, 나는 게스트하우스 주인의 추천으로 옆집에 사는 중년 아저씨, 구스타보 선생님을 만났다.

스페인이 식민 지배하던 시절, 안티과는 과테말라·멕시코·엘살바도르·온두라스·니카라과 등 이웃 나라들을 통틀어 수도 역할을 했다. 여러 차례에 걸친 화산 폭발과 지진으로 지금은 더 이상 그때의 기능을 하지 못하지만, 유구한 역사가 도시 곳곳에 고스란히 남아 있어 도시 전체가 거대한 박물관 같다. 실제로 1979년 도시 전체가 유네스코로부터 세계 문화 유산으로 지정되었다. 자연재해에 무너진 건물들은 복구하지 않았다. 그 나름대로 녹아내리고 부서진 채 지난 시간을 증명한다. 3층 이상의 높은 건물이 없어 어디든 옥상에만 오르면 시내가 훤히 내려다보인다. 마을 뒷산인 '십자가 언덕'에서도 안티과 도시 전체를 한눈에 감상할 수 있다.

안티과의 명물 중에는 맥도날드가 있다. '세계에서 가장 아름다운 햄버거 매장'이라 불리는 이곳에서 커피에 맥모닝을 먹었다. 창밖으로 구름 모자를 쓴 거대한 아과 화산이 펼쳐졌다. 기가 막힌 전망이었다. 여행자의 호기심을 자극할 줄 아는 기업답게 과테말라 안티과 원두를 이용해 커피를 내렸다. 화산 지대의 토양에서 자란 원두는 품질이 좋았다. 양질의 열매는 미국과 유럽 등지로 먼저 수출되기 때문에 현지인들은 정작 베트남산 원두로 만든 인스턴트 커피를 주로 마신다고 했다. 하지만 잘 찾아보면 안티과 골목골목 훌륭한 로스터리 카페들이 숨어 있다. 커피를 좋아하지 않는다면 카카오 음료를 마시면 된다. 안티과는 인류 최초로 카카오 열매를 먹기 시작했다는 마야 민족의 자부심이 담긴 핫 초콜릿을 맛볼 수 있는 곳이니.

허송세월하며

아침이면 두 시간짜리 수업을 들었고, 오후에는 거리를 서성였다. 가지고 있던 돈을 한 번에 생활비와 수업료로 지불했으므로 남은 돈도 별로 없었다. 다른 도시로의 여행이나 색다른 경험 같은 건 고려 대상이 못 되었다. 매일 정해진 최소한의 일정만 소화하며 가만히 지냈다. 내가 지내던 곳은 안티과 중심가에 위치한 저렴한 호스텔이었다. 이틀이면 다시 배낭을 챙겨 떠나는 여행자로 북적였다. 오가는 사람들 중에 솔메이트나 운명의 상대가 있지 않을까 기대했지만 없었다.

동네가 익숙해지면서 조금씩 멀리 산책을 다녔다. 축구장에 가서 축구도 보고 언덕에도 올랐다. 시장 구경은 매일 했다. 서툴게 인사도 건네고 가격도 물어보며 과일이나 채소를 조금씩 샀다. 남들이 내는 돈을 잘 지켜보다가 적당한 가격에 구매했다. 긴가민가하면 구스타보 선생님에게 물어봤다. 매일 산 재료는 정성 들여 손질하고 더듬더듬 요리했다. 그릇에 잘 담아 볕이 드는 곳에 앉았다. 조금씩 떠서 한참을 먹었다. 그래도 시간이 남았다.

지난 기억이 흘러 들어오면 곱씹었다. 온갖 생각이 드나들도록 내버려뒀다. 시간이 많아서 그래도 되었다. 토르티야에 아보카도를 곁들여 먹었다. 팥을 불려 만든 프리홀레스Frijoles도 옆에 두고 퍼 먹었다. 요리도 언어처럼 실력이 늘다 말아서 매일 비슷한 식사를 하기 시작했다. 그래도 맛있었다. 팥은 어려서부터 좋아하던 식재료였고, 이 도시는 질 좋은 아보카도를 생산하니까. 안티과 축구팀의 마스코트도 아보카도다. 그만큼 양질의 아보카도가 난다. 편의점에서 급하게 사서 몇 번 씹고 삼키던 김밥이 생각났다. 바빠서 저녁을 거른 날에는 퇴근 후 동료들과 맵고 기름진 안주로 배를 채웠다. 암, 그것도 맛있었지.

심심한 순간은 스페인어 공부에 몰두하며 이겨보려 했다. 현재·현재 진행·단순 과거·과거 진행·대과거·완료 과거로 끝없이 바뀌는 시제에, 듣는 사람에 따라 다시 여섯 가지로 동사의 형태를 바꿔 가며 말해야 하는 스페인어는 쉬운 언어가 아니었다. 수다스러운 구스타보 선생님은 좋은 연습 상대였다. 자꾸 말할 기회를 줬다. 다만 나를 한국식으로 밀어붙이는 사람은 아니었다. 한국식 언어 교육이 아니니 나는 호지부지 쓰던 말만 계속 사용하는 수준에서 실력이 멈췄다.

무리를 떠나 동굴 속에서

언어 공부를 하다 보면 평소 쓰던 단어의 어원을 발견하는 순간이 있다. 남다른 느낌을 가진 사람에게서 느끼는 '오라Aura', 즉 '아우라'는 인체로부터 발산되는 영적인 에너지를 의미한다. 자기 소개서에 애용했던 단어 패션Passion은 고대 그리스어로 '고통스럽다' '괴롭다'는 뜻을 가진 단어에서 유래했다. 이 괴롭도록 고독한 시간을 이겨내면 내 안의 진정한 열정을 찾을 수 있을까? 그때가 되면 온화하고 우아한 오라를 뽐낼 수 있겠지?

게스트하우스에서 사람들은 일정에 맞춰 여행을 다녔다. 무리 지어 다니던 때가 그리웠다. 사람에 치여 힘들어하면서도 사람들이 곁에서 사라질까 두려웠다. 사람들이 내 편이 되어주길 바랐고, 내가 사람들 사이에 섞여 지내길 바랐다. 독립을 하고서도 늘 룸메이트가 있었고, 학교 수업은 팀 프로젝트만 골라 했다. 함께 있어야 안전하다고 느꼈다. 계속 함께인 상태를 유지하려고 많은 노력을 기울였다. 노력하면 할수록 불안했다. 이렇게 끊임없이 노력해야 사람들과 함께 지낼 수 있을 것 같아서.

안티과에 오니 주변에 아무도 없는 홀몸이 되었다. 아는 사람도 없고 알려줄 사람도 없었다. 인터넷을 뒤져도 미리 알 수 없는 세상이었으며 많은 것이 불편했다. 단련되어 있지 않은 몸은 숨기고 싶으면서 동시에 날아갈 듯 가벼웠다. 아무도 날 찾지 않고 아무 일도 일어나지 않는 곳에서 무슨 일이 생기는지 살펴볼 생각이었다. 100일을 동굴 속에서 보내고 곰에서 사람으로 변한 웅녀를 생각하면서, 고독을 오독오독 씹으며 그 속에서 '나다움'을 발견하려 애썼다. 지구 반대편에서 보낸 시간은 그동안의 세계를 무너뜨리는 작업이었다.

이해 없는 세상에서 나만은 언제라도
네 편인 것을 잊지 마라. 세상은 넓다.
너를 놀라게 할 일도 많겠거니와
또 배울 것도 많으리라. 축복한다.
_시인 이상

과달라하라의 알바생은 과로한다

과테말라에서 3개월을 보내고 비자를 연장하기 위해 버스를 타고 국경을 넘어 멕시코로 향했다. 다시 혼자가 되었다. '산크리스토발데라스카사스'라는 긴 이름을 가진 도시에 잠시 여장을 풀고 다음 여정을 고민했다. 혼자 여행하면 모든 걸 다 책임져야 한다. 익숙한 과테말라 안티과로 돌아가는 방법이 있고, 멕시코에서 새로 지낼 곳을 찾는 방법도 있다. 산크리스토발데라스카사스는 멕시코에서도 특히 인디언이 많이 거주하는 도시다. 인디언의 사회 활동을 돕는 각종 무료 교육 프로그램이 있고, 그걸 외국인도 들을 수 있다고 했다. 저렴한 게스트하우스에서 지내면서 목공이나 가죽 공예, 제본 수업 같은 걸 들어볼 생각이었다.

게스트하우스에서 빠져나와 산책을 다녔다. 안티과와 분위기가 확실히 달랐다. 원주민들은 밤이 깊어도 갈 곳이 없어 온 가족이 공원에서 잠을 청했다. 낮에는 외국인 여행자들에게 조악한 팔찌나 엽서 같은 기념품을 팔았고 시장에 선 겨우 다섯 살쯤 되어 보이는 아이가 동생을 업고 좌판을 지켰다. 이들을 위한 프로그램을 들으며 시간을 보내려 하다니, 부끄러웠다. 반면 외국인 여행자를 위한 음식점과 카페, 숙소는 터무니없이 비쌌다.

게스트하우스에서 일하는 스태프와 대화를 나누다가 비자 없이도 일하면서 무료로 숙박을 해결할 수 있는 플랫폼 몇 개를 알게 되었다. 그날 밤 워커웨이Workaway, 우프Wwoof, 헬프엑스HelpX 등을 뒤져 지원서를 돌렸다. 다음 날 산크리스토발데라스카사스를 떠났다. 오악사카를 거쳐 과달라하라에 도착했다. 여행자라곤 좀체 보이지 않는 도시 외곽에 하루 숙박료가 5미국달러인 '더 루프 백패커스' 게스트하우스가 있었다.

도착하니 게스트하우스 주인이 맞아주었다. 그가 또래의 여행자 출신임을 알고 마음이 놓였다. 숙소는 옥상이 딸린

2층 건물이며, 특이한 구조를 하고 있었다. 'ㅁ'자 구조로 가운데에 천장이 뚫려 있으며, 장기 숙박자가 머무는 옆 건물과 연결되어 있어 미로 같았다. 처음 며칠은 더워서 정신을 차릴 수 없었다. 밤 9시가 되어야 겨우 해가 졌고, 그전까지는 어지러울 정도로 덥고 건조했다. 뚫린 천장으로는 새와 벌레가 자기 집처럼 드나들었다.

첫날 밤은 모기와 더위에 시달리다 잠에서 깼다. 이불을 뒤집어쓰고 과테말라로 돌아갈까, 한국으로 돌아갈까, 고민했다. 내가 뱉은 한숨에 이불 안 공기가 탁해졌다. 화장실에 가려고 이불을 걷어낸 순간 머리 위로 하늘이 보였다. 'ㅁ'자로 뚫린 천장 구조는 원치 않는 벌레 손님을 들이는 대신 예상치 못한 밤하늘을 선사했다. 별이 총총 박혀 아름다웠다. 과테말라에서 내가 누구인가를 동굴 속에서 고독하게 고민했다면 여기서는 나답게 지내보자.

내가 할 일은 아침 식사 차리기, 바닥 청소하기, 체크인과 숙소 소개 돕기, 이불과 베개 커버 빨기, 화장실 청소 정도였다. 아침은 냉장고에 있는 주스, 우유, 빵, 과일 등을 꺼내 놓기만 하면 되어 쉬웠고, 나머지는 다른 스태프와 나눠서 하면 된다고 했다. 주말에만 옥상 페인트칠과 간단한 공사를 도와 달라고 했다. 일은 수월한 편이었다. 매일 반경을 넓혀가며 산책을 다녔다. 입장료 1500원 남짓에 에어컨 바람을 쐴 수 있는 영화관이 30분 거리에 있었고, 그 반대편에 태권도장이 하나 있었다. 걸어서 50분 거리에는 헬스장이 있는데 등록하면 그룹 활동이 모두 무료였다. 동네의 3분의 2에 해당하는 면적을 그래픽 디자인 사무실, 인쇄소, 서점과 대학이 차지했다. 그중에서도 책가게가 특히 많았다. 헌책방, 의료 서적, 종교 서적, 동화책 등 종류별로 나뉜 전문 서점들이 늦게까지 불을 밝히고 있었다. 나, 정말 좋은 동네로 이사를 왔구나.

스페인어 공부를 할 수 있는 곳도 찾았다. 구스타보 선생님과 수다 떠는 수준의 실력을 한 단계 끌어올릴 체계적인 학습이 필요했다. 걸어서 20분 거리에 있는 대학교 어학당 수업이 가장 저렴해 그곳을 다니기로 했다. 게스트하우스 업무에 적응할수록 시간이 많아졌다. 헬스장과 태권도장을 모두 등록했다. 나의 하루 일과는 손님들의 아침 식사를 차리고 헬스장에 다녀온 후, 어학원에서 스페인어 수업을 듣고 오후에는 체크인을 담당하고 화장실과 바닥 청소를 빠르게 마무리한 다음, 월·수·금에는 태권도장을 가고, 화·목에는 영화관에서 영화를 보는 것이었다. 남는 시간에는 베트남에서 받은 아르바이트로 간단한 원고 정리나 번역 일을 했다.

"네 인생 이상 무"

내게서 의외의 성실성을 발견하는 나날이었다. 멀리까지 걸어가야 했지만, 운동과 수업을 하루도 빠지지 않았다. 게

으르게 보낸 하루를 죄악시하며 나를 밀어붙이는 건 한국 사회라고 생각했는데, 알고 보니 나였다. 멕시코의 과달라하라에서도 시간을 낭비하는 꼴을 두고 볼 수 없었다. 더위를 먹은 채 수업을 듣던 날, 중얼중얼 선생님에게 하소연을 했다. "선생님, 저는 스페인 전공자도 아니고, 대학교도 졸업했어요. 미국에서 온 그링고도 아니고, 한국에서 온 아시안이고요. 제가 여기서 이러고 있는 게 참 이상하죠?"

선생님은 이상할 게 뭐 있느냐고 답했다. 그의 가족은 미국, 아이슬란드, 영국에 흩어져 살고 있으며, 과달라하라는 선생님의 고향도 아니라고 했다. 은퇴 전에는 전혀 다른 일을 했으며, 환갑이 넘어서야 혼자 지내기 시작했고, 학생들을 가르치는 일이 보람차다고도 했다. "내가 정상인지 비정상인지는 남이 아닌 스스로가 결정해도 되는 문제야. 지금 편안하고 즐겁다면 그걸로 된 거야. 내가 보기에 너의 인생은 걱정할 것 없이 정상적이야. 넌 좋은 인생을 살고 있어.

그래도 고민이 된다면 더 생각해봐. 설레는 쪽이 틀림없이 옳은 답일걸."

게스트하우스의 주인공은 여행자다. 여행자에 따라 공간의 분위기가 전혀 달라진다. 하루는 이탈리아 여행자가 주방에서 피자를 만들었다. 밀가루를 반죽해서 랩에 싸서 숙성한 후 밀대로 밀고 토핑을 얹어 오븐에 구워냈다. 피자를 만드는 게 일반 사람이 할 수 있는 일이었다니. 피자라곤 냉동과 배달 피자만 먹어본 나는 몰랐다. 한국인이 냉장고 재료를 꺼내어 비빔밥을 만들 듯 손쉽게 게스트하우스 손님들 모두가 먹을 만큼의 피자를 구웠다. 스태프 둘에 게스트 둘이 전부였기에 피자는 세 판으로 충분했다. 토마토와 치즈만 들어간 피자는 담백하고 맛있었다.

스웨덴에서 온 바텐더가 지낸 한 주는 숙소의 모두가 피곤했다. 밤늦게까지 맛있는 술을 만들어주는 통에 일주일 내내 해롱해롱했다. 호치민에서 하노이까지 오토바이를 타고 여행한 이야기, 태국 빠이에 누워 허송세월한 이야기, 캄보디아에서 사회 문제로 인식될 정도로 낙후된 앙코르와트 외곽 지역 이야기까지, 직전에 아시아 여행을 마치고 온 그와 나는 할 얘기가 끊이지 않았다.

세 달을 과달라하라에 머물면서 체크인과 체크아웃, 이불 빨래와 화장실 청소 같은 일을 반복했다. 그사이 좋아하는 순간들이 생겼다. 쌀쌀한 새벽 공기를 맞으며 쓰레기 봉투를 내놓으러 나가는 순간, 로비의 해먹에 누워 스페인어판《해리포터》를 읽는 순간(몇 번을 반복해 읽어 내용을 외운《해리포터》는 내가 유일하게 읽을 수 있는 스페인어 책이었다!), 책 읽는 척하다가 친구들 수다에 아무렇게나 끼어든 순간, 잡동사니 같은 수다 속에서 뭔가를 깨우치는 순간 등등. 로비에 널부러져 모기 물린 자리를 벅벅 긁고 있다 보면 옆 동에 사는 성악가가 부르는 샹송이 들린다. 일본 유학생 코헤이가 접어서 던진 표창이 날아들기도 하고, 방금 구웠으니 맛보라며 바나나 브라우니가 줄에 묶여 내려오기도 한다. 이곳의 시간을 나는 정말 사랑했다.

게스트하우스에서 나눈 대화들

"캄보디아에서 지낸 호스텔은 하루 숙박료가 1달러였어. 말이 되니? 스웨덴에서 1달러면 아무것도 할 수 없어. 껌 반쪽도 살 수 없다고."

"난 러시아 혼혈이야. 러시아어는 할 줄 몰라."

"한국에서 러시아어 기초 수업을 들은 적 있어. 어렵던데. 우크라이나, 키르키즈스탄 같은 중앙아시아 국적 학생들이 같이 수업을 듣는 바람에 열심히 하고도 학점을 C-로 받았어."

"유감이네."

"응 뭐, 속상했지."

"아니, 걔네들. 같은 돈 내고 똑같이 수업을 들었는데 얻은 게 아무것도 없었을 거 아냐."

"이탈리아어를 배우고 나니 스페인어는 그냥 이해할 수 있게 되는 거 같아."

"핀란드어는 스웨덴어랑 비슷하니?"

"핀란드어? 그 나라 말을 이해하게 되는 방법은 딱 한 가지야. 거기서 태어나서 자라는 것뿐. 뿌리가 없고 독자적이라 배우기가 진짜 어려워. 2차 세계 대전 때 군인들이 암호로 사용했다니까."

"뉴욕에 사는 동안에는 빈 시간이 정말 없었어. 나를 알기 위한 수업을 시간 내서 들어야 했어."

"이렇게 가만히 지내면 들리는 건데 말이야."

"그니까. 여기까지 와서야 알았네."

“위스키든 와인이든 오래된 게 꼭 좋은 건 아니야. 숙성으로 더해지는 게 있고 덜해지는 게 있거든. 시간이 지나면서 얻는 게 있으면 잃는 것도 있기 마련이잖아.”

“여행도 오래 많이 한다고 좋은 게 아닌 것 같아. 많은 걸 경험한다고 꼭 나은 사람이 되는 게 아니더라고.”

“여행을 하면서 세상을 더 많이 이해하게 된 것 같지만 오히려 그 반대야. ‘내가 모르는, 이해할 수 없는 영역이 세상에는 이렇게나 많구나’ 하는 사실을 알게 되지.”

“세계의 다양한 음식을 먹어보고 싶어서 계속 여행해. 한국에 간다면 연락할게. 김치 만드는 법을 알려줘.”

“김치는 무슨 연어 구이 같은 음식이 아니야. 땅에 묻어서 숙성시켜야 해.”

“그럼 김치를 담가서 땅에 묻은 다음에 한국을 3주쯤 돌아보고 올게.”

"익은 김치를 들고 스웨덴으로 가서 청어에 싸 먹어. 10월쯤 일정을 잡아봐. 김치 시즌이야."

"나는 타코를 별로 안 좋아해."

"아니야. 그럴 수 없어. 그건 말도 안 되는 얘기야. 넌 고기와 채소가 든 음식을 고작 0.5유로에 먹을 수 있어. 그리고 그 기회는 네가 멕시코에 있는 지금 이 순간만 유효한 거야. 이래도 안 좋아할 거야?"

나는 반은 신발을 제대로 신고,
반은 엄한 곳에 발을 들이미는 사람들을 좋아한다.
_안 실베스트르Anne Sylvestre

행복의 타코

아침에는 피곤을 이기고 헬스장에서 요가 수업을 들었다. '쿨다운Cool-down' 동작을 하고 있었다. "수고했어요. 여러분은 아침 식사를 가장 맛있게 먹을 수 있는 기회를 얻었습니다." 선생님의 얘기를 듣는 순간 입맛이 돌았다. 스페인어 수업을 들으러 가는 길에 타코를 사 먹었다. 1500원을 내밀고 갓 구운 타코 세 개를 받았다. '타코'라니, 이름도 귀엽지. 행복이었다. 이건 대단한 행복이었다.

가방 안엔 엄마가 써준 편지가 있었다. 엄마의 악필에는 단호하고 경쾌한 성격이 묻어난다. 나는 그 종이를 자주 꺼내어 읽었다.

'엄마가 잠깐 바둑 학원을 다녀보니 바둑 TV 속 해설자의 말을 이해하게 되더라.

승패에만 관심 있는 다른 사람들과 달리 엄마는 관전 자체를 무척 즐기게 되었어.

태권도를 열심히 배운 네가 태권도 경기를 즐겨 보듯이,

아는 만큼 보인다는 게 맞는 말이구나 싶고.

새로운 걸 많이 보고 어떤 거든 열심히 준비하면

언젠가 우리 강아쥐가 원하는 것을 찾게 될 거야.

어디서든 사람의 됨됨이가 인간 관계에서 중요하니 절대로 공짜 바라지 말고

나에게 너무 잘해주는 사람을 경계할 것이며,

고마운 사람들에게는 작은 선물이라도 전하며 인사하는 걸 잊지 말아라.

감사 표시할 땐 뭐가 고마웠는지 꼭 표현하며.

돈은 나중에 또 벌 수 있으니까.

우리 같이 화이팅하자꾸나.

신나는 얘기들 자주 해주렴.'

도쿄의 가장 동그란 호떡

"얘들아 조용히 좀 해라. 어디 호떡집에 불났냐." 소란스러운 교실에 들어설 때면 선생님들은 호떡집을 들먹였다. 그런 얘기를 들으며 자란 어린이들은 시끄럽고 어수선한 상황을 맞닥뜨리면 자연스레 불난 호떡집을 입에 담았다. 입에 착 달라붙는 표현이라 진짜 호떡집에 불이 나면 어떤 모습일지 구체적으로 궁금해하지도 않았다.

'불난 집에 부채질한다'도 같은 맥락이다. 이 속담은 라임까지 잘 맞아서 랩의 가사로 쓰기에도 손색이 없다. 누가 들어도 기막히게 절묘한 표현이라서 시대와 공간을 초월해 지금 여기 내 머릿속에까지 남아 있는 거겠지. 도쿄의 히가시코엔지 역의 지하철 계단을 오르며 나는 방금 마감하고 나온 호떡집에 불이 났을까봐, 거기에 누가 부채질을 할까봐 마음이 지옥 같았다.

히라가나만 겨우 외운 채 워킹 홀리데이를 왔다. 8월 말,

여름의 끝자락이었다. 첫 일자리로 코리아 타운이 위치한 신오쿠보의 한 호떡집에서 아르바이트를 구했다. 시부야에 있는 한 이자카야에서도 일을 구해 두 탕을 뛰다가 한 달만에 전업으로 호떡 굽는 사람이 되었다. 이자카야의 근무 시간은 자정부터 새벽 5시까지였다. 잠을 이기기 어려웠다. 매일 10시간에서 12시간까지, 일주일에 5일에서 많게는 7일까지 호떡을 굽게 되었다.

길에서 호떡을 굽다 보면 여름엔 찌는 듯 덥고, 겨울엔 살을 에는 듯 추웠다. 아침이면 100L짜리 들통에 물과 가루를 붓고 손으로 반죽을 쳤고, 하루 장사를 마감할 때면 철판을 밀었다. 하루 종일 사용한 철판에 기름을 넉넉히 부은 후 철 수세미로 밀어가며 닦았다. 피곤해서 순간 집중력을 잃으면 팔에 뜨거운 기름이 튀곤 했다. 밤이면 내 손을 거친 집기들은 새것처럼 깨끗해진 반면, 내 얼굴은 검댕 범벅이 되었다. 호떡에서 흘러내린 꿀에 종종 화상도 입었다. 물론,

매일 서서 일했다. 세상 대부분의 일이 그렇듯 호떡집 아르바이트는 고약했다. 그럼에도 호떡을 굽는 일만큼은 사랑스럽고 마음에 들었다.

먹고 사는 일과 취미로 하는 일의 차이

잘 발효된 반죽을 줄다리기하듯 두세 번 잡아 늘인다. 적당량의 반죽을 엄지와 검지를 가위 삼아 빠르게 싹둑 끊어낸다. 손목 스냅을 이용하여 반죽을 아기 엉덩이처럼 동그랗고 통통하게 다듬는다. 소를 넣는다. 우리 매장은 꿀 호떡 말고도 꿀 치즈·초코 바나나·김치 치즈·팥·고구마·단호박·콘 치즈·피자 호떡 같은 기발한 메뉴가 많았다. 반죽을 양손으로 캐치볼하듯 주고받는다. 그 과정을 통해 소가 반죽의 한가운데로 몰린다. 그래야 눌러도 터지지 않는다. 반들반들하고 매끈한 반죽이 오무린 손바닥 위에 다소곳이 앉아 있다. 손을 철판 가까이 가져가 손바닥을 뒤집어 반죽을 내려놓는다. 적당한 속도가 중요하다. 팩 내팽개치면 기름이 튈 수 있다. 반면, 손바닥을 기울여 천천히 떨어뜨리면 애써 몰아넣은 소가 다른 한쪽으로 치우쳐 버린다.

이제 도구를 사용할 때다. 철판에 올리는 순간 반죽이 부풀며 봉긋하게 솟아오르는 중앙부를 누르개로 빗겨 내리친다. 누르개의 모서리를 이용해 호떡을 뒤집는다. 천천히 힘을 주어 꾸욱 누르면 중앙에 몰려 있던 소가 반죽 전체로 골고루 퍼진다. 왼손 엄지, 검지, 중지 세 손가락을 이용해 종이 봉투를 벌리고, 오른손에 쥔 집게로 호떡을 들어 집어넣는다. 끝! 이 모든 과정을 바로 앞에서 빤히 지켜보는 손님이 있다. 그러니 온화한 표정과 신뢰를 줄 만한 절도 있는 동작은 필수다.

한국말로 일을 배울 수 있어 수월한 면도 있었지만, 일이 손에 익을 때까지 한참은 힘들었다. 반죽은 손에 쥐고만 있어도 미끄러졌다. 호떡 반죽을 철판에 올리기까지 꼬박 3일이 걸렸고, 그걸 손님에게 팔 수 있는 수준으로 완성하기까지 일주일이 걸렸다. 혼자 가게를 볼 수 있게 되기까지는 2주가 소요되었다. "오마타세 이타시마시타(오래 기다리셨습니다)" "스구 메시아가리마스카?(바로 드시나요?)" 같은 기본적인 접객용 문장 몇 개를 달달 외워서 써먹었다. 변형된 질문이 들어와도 당황하지 않고 대답하기까지는 더 많은 시간이 요구되었다.

먹고 사는 일로 만들려면 계속 발전해 나가야 한다. 기본만 알면 할 수 있는 원데이 클래스와 차원이 다르다. 실수를 하나씩 줄여 나가야 했고, 역할은 하나라도 더 늘려야 했다. 뜨겁고 무겁고 고된 일을 하면서도 가게에서 함께 일하는 팀원들은 남을 웃길 줄 알고 웃으며 일할 줄 아는 사람들이었다. 점포 세 곳과 냉동 창고까지 다들 정성을 다해 관리했다. "꿀팁! 호떡을 굽다가 꿀이 쏠렸다면 손님에게 그 부분이 위로 가게 건네줘. 그래야 첫입에 맛있는 부분을 먹고,

먹는 동안 꿀이 아래로 흘러 마지막 순간까지 맛있게 먹을 수 있어." 팀원들을 보며 공들여 호떡을 굽는 동안 내 마음도 조금씩 빛어지는 듯했다.

일이 익숙해지고 나서는 혼자 가게를 마감하는 날이면 가스는 끄고 나왔는지, 문은 잠갔는지, 정산은 제대로 했는지, 돈 봉투는 제자리에 두고 나왔는지 곱씹으며 걱정했다. 삶의 터전인 호떡집에 불을 내서는 안 된다. 가게에는 대용량 식용유가 몇 통이나 쌓여 있다. 기름은 불길을 크게 키울 거다. 게다가 가게는 나무 합판으로 대충 지어놨으니 순식간에 홀랑 타 버릴 테고. 내가 뭐라도 빼먹는 바람에 호떡집에 불이 날까봐, 다음 날 오픈하러 간 자리에 재만 남아 있을까봐 무서웠다. 눈앞에서 불타는 매장과 웅성대는 사람들의 모습이 자꾸 떠올랐다. 심장이 터질 것 같았다. 지금이라도 다시 돌아가서 확인할까. 근처에 누구에게 봐달라고 부탁할까. 호떡집에 불이 나면 안 되니까.

가뜩이나 일손이 부족한 겨울에는 새로 출시한 모차렐라 핫도그가 크게 유행했다. 소시지와 통 모차렐라 치즈를 젓가락에 꽂은 후 개량한 호떡 반죽을 입혀 튀겼다. 팔을 있는 대로 뻗어도 끊어지지 않고 쭈욱 늘어지는 치즈의 비주얼을 누리려고 손님들이 긴 줄을 섰다. 방송국에서도 취재를 왔다. 호떡 가게 앞 손님들의 행렬은 그 끝이 어딘지 보이지도 않았고, 호떡이 익는 시간보다 주문이 들어오는 속도가 더 빨랐다. 철판 위에는 더 이상 호떡을 올릴 자리가 없었다. 11월 말부터 1월 초까지 단 하루도 쉬지 못했다. 어깨에 걸린 담, 즉 근막 통증 증후군은 이틀이면 떨어질 줄 알았더니 두 달을 갔다. 수업이 끝날 때마다 칠판을 지우는 학생의 마음으로 마감하고 정산하고 설거지하고 철판을 밀고 집에 가는 길에는 호떡집이 불탈까 걱정하고 다시 출근하는 날들이 이어졌다. 호떡을 굽는 일은 쉬지 않았다.

나는 더 이상 쭈구리가 아니다

몸을 움직여 노동을 하다 보면 인간은 겸손해진다. 특히 나처럼 건방진 인간은 매사에 적응했다고 착각하고 금방 지루해하므로 몸 쓰는 일이 특효약이다. 손바닥만 한 호떡을 반복해서 굽는 일에도 하루에 몇 번씩 나의 무능과 한계를 느낀다. 무거운 걸 들면 뻐근한 팔과 허리, 그걸 들고 옮기려면 가빠지는 호흡, 여름의 철판 앞에서 쏟아져 내리는 땀. 몸으로 부딪쳐 일하다 보면 얼마든지 할 수 있을 것 같은 일이 실은 얼마나 많은 정성과 노고를 필요로 하는지 곧 알 수 있다.

어느 일요일, 손님이 한차례 몰아친 후 한숨을 돌리고 있었다. 딱 한 장의 호떡 주문이 들어와 시간을 들여 정성껏 구웠다. 설탕 소는 어느 쪽으로도 쏠리지 않고 한가운데서 고르게 잘 퍼졌다. 겉이 두껍지도 않고 끝이 타지도 않았다. 소가 반죽을 비집고 흘러나오지도 않았다. 작지도 크지도 않았다. 너무 세지도 약하지도 않게 누른 후, 늦거나 빠르지 않은 타이밍에 뒤집었다. 손님에게 내어주는 기분이 째졌다. 언젠가 일이 잘 풀리지 않을 때면 내가 그 호떡을 얼마나 그럴듯하게 구웠는지 떠올려야지. 제대로 하는 일이 하나도 없다고 자책할 때 적어도 내가 호떡은 잘 굽는다고 자신해야지.

그 후 다시 주말 근무를 맡았을 때 가게에 나왔더니 매번 사용하던 귀퉁이에 있는 사물함 대신 중앙에 있는 사물함에 이름표가 꽂혀 있었다. 사물함을 여니 '넌 더 이상 쭈구리가 아니야' 라고 쓰인 쪽지가 들어 있었다. 금세 해사해져서는 손님들과 조잘조잘 떠들며 자신감 넘치는 동작으로 호떡을 구웠다.

일본에서 취업해 회사를 다니면서도 주말이면 호떡을 구우러 갔다. 뭉게뭉게 연기가 피어오르는 철판. 겨울이면 철판의 얕은 온기에 의지해서 찬바람을 이겨내고 여름이면 얼린 물수건을 목에 두르고 살아남은 날들. 반죽할 때 살짝 쏠린 호떡의 소를 긴장 속에서 누르개로 누르자 팍하고 설탕이 삐져나온 광경. 연기를 내며 자글자글 타는 설탕을 보며 눈물이 핑 돌았던 순간. 새벽에 쪄서 숙성시킨 떡을 가게로 옮기다가 몰래 친구랑 한 주먹씩 입에 넣고 우물우물한 일. "안녕! 오늘도 살아남자!" 각자 맡은 매장으로 향하며 나누던 인사. 끓어오르기 직전까지 치즈를 바삭하게 굽다가 손님과 함께 "이이 니요이~(좋은 냄새)"를 외친 일. 실수로 잘못 구운 호떡을 한쪽에 숨겨 두었다가 식으면 허겁지겁 가운데 부분만 뜯어 먹은 일. 내겐 너무 버거웠던 100L짜리 반죽 통, 뜨거운 철판, 이가 맞지 않아 무력을 써야 말을 듣는 가게 문, 고물 로봇처럼 무거운 자판기, 그리고 과분하도록 많은 도움을 받았던 무수히 많은 순간들. 한국으로 돌아가기 몇 시간 전까지 나는 열불나게 호떡을 구웠다.

한때 사랑했던 걸 계속 사랑하는 마음

"영원히 널 사랑해"란 말은 영 유치하다. 사랑에 빠져서 이성을 상실한 자들이나 하는 말이다. 어떻게 뭔가를 영원히 사랑할 수 있겠어.

돌아보니 난 한때 사랑했던 것들을 계속해서 사랑하고 있었다. 상처를 잔뜩 주고받고 헤어진 사람도 상관없었다. 나는 우리가 사랑에 빠져 있던 순간을 사랑하는 거니까. 트레이닝복 차림에 늘 추레했던 사람은 내게 오토바이 타는 법을 가르쳐주었다. 함께 계절을 누리며 오토바이를 탔다. 일하면서 만난 남자는 쉬는 날이면 꼭 영화관에서 뜨거운 커피 한 잔을 사서 영화를 보자고 했다. 요즘에도 뜨거운 아메리카노를 후후 불어 마시며 그때를 생각한다. 싸우고 나면 자주 시를 써 주며 화해하던 사람은 시 읽는 기쁨을 알게 해줬다. 그 모두를 여전히 난 좋아하고 있다. 치열하게 사랑하고 울었던 날을 떠올리면 그저 애틋한 마음이 든다.

난 찌는 듯한 여름날에 이글거리는 철판 앞에서 손님 기다리는 일을 좋아한다. 추운 겨울날 호떡을 먹으러 줄 선 손님들을 보는 일을 좋아한다. 〈쇼미더머니〉에 나온 음악을 크게 틀어놓고 같이 일하는 친구와 후렴구를 함께 외치는 순간을 좋아한다. 내가 빚은 호떡을 철판에 올렸을 때 서커스라도 본 듯 눈빛을 반짝이는 아이들을 좋아한다. 배고플 때 구워 먹던 치즈 팥소 호떡을 좋아한다. 호떡을 굽다 만난 친구들을 좋아한다. 설탕·치즈·팥·초코·바나나·고구마·불고기·김치 등의 소를 넣은 호떡을 빠짐없이 좋아한다. 어설픈 일본어로 호떡의 유래를 설명하고 타지 생활을 외로워하던, 호떡을 구워 팔던 그 시절의 친구들을 좋아한다.

스물다섯 살에 대학을 졸업하고 취업 준비 대신 도쿄에서 호떡을 구웠다. 철판 앞에 서면 남들의 시간과 속도는 더 이상 신경쓰이지 않았다. 좋아하는 기분에 취해 불안할 틈이 없었다. 철판 앞에서의 모든 계절이 따뜻하고 후끈했다.

삿포로 문답

삿포로였다. 지하철역에 다다라서야 지갑이 없는 걸 깨달았다. 유빙을 보러 베트남에서 여기까지 온 윤지가 옆에 있었다. 얼른 숙소에 다녀오겠다고 했다. 윤지는 역에 앉아 책을 읽고 있었고, 나는 버스를 타고 숙소에 다녀왔다. 왕복 500엔이 들었다.

서형_ 방을 아무리 찾아도 지갑이 없더니 가방 안에 있었어. 500엔 날렸네. 바보인가.

윤지_ 바보는 나야. 나는 작년에 너 보러 온다고 오사카 비행기를 끊었잖아. 도쿄까지 신칸센 타고 올라오는 데 돈 훨씬 더 많이 들었어.

서형_ 기억나. 도쿄라고 몇 번을 말한 것 같은데, 그때 진짜 웃겼다. 난 너무 많이 잃어버리고 잊어버려서 이젠 잊어버렸다는 말이랑 잃어버렸다는 말이 헷갈릴 지경이야. 잊을 만하면 뭘 또 잃어버리거든. 신기한 게 한국말로 헷갈리니까 둘이 영어로도, 일본어로도 헷갈린다? 나는 실물 돈도 잊어버려. 아니, '잃어버려'인가? 호떡집에서 한 달 일하고 받은 27만 엔을 봉투째 뒷주머니에 넣었는데, 집에 와보니까 없더라고. 너무 많이 잃어버려서 이제 남은 게 별로 없어. 누굴 만나도 자랑할 게 아무것도 없어.

윤지_ 뭐 어때. 부끄러울 것도 없잖아. 너 사는 데 지쳐서 돌돌 말려 가는 것 같은데, 내 돌돌이로 기를 펴줄게. 플러스 마이너스 하면 중간이야. 아니 요즘 세상에 밥 잘 먹고 잠만 잘 자도 그걸로 중간은 가는 거야. 다들 이 악물고 달려 나가는데 이렇게 살면서 중간이면 얼마나 대단하냐.

서형_ 그래? 좀 위안이 되네. 이렇게 뭐 흘리고 까먹으면서 사니까 좋은 게 있어. 뭐냐면 남이 안 부러워. 아무리 큰 행복과 명예와 돈을 가지고 있어도 부러워할 수가 없어. 내가 얻은 이 작은 휴가가 얼마나 큰 대가를 치르고 얻은 건지 아니까. 나는 이만큼도 소화하기 어려우니까 남의 떡이 막

커보이고 그러지 않는 거지.

윤지_ 그래도 난 가끔 다른 사람들이 부럽던데….

서형_ 아니면 이런 것도 있어. 갈수록 절망하는 시간이 짧아진다는 거야. 대안을 찾는 시간은 빨라지고. 아니, 사실 이런 멍텅구리 같은 삶에 장점은 눈 씻고 찾아봐도 없어. 이렇게 살아선 안 돼.

윤지_ 그동안 열심히 살아와서 그래. 그런 사람은 열심히 살지 않아도 돼. 겨우내 그 많은 호떡을 굽지 않았다면 어떻게 삿포로 여행을 올 수 있었겠어.

서형_ 어떻게 공대생 윤지가 하노이에서 외국인 학교 영어 선생님이 될 수 있었겠어. 그동안 무수히 튀겨낸 감자 튀김이 있었으니까 된 거지. 네가 햄버거 집에서 알바할 때 더 자주 갈걸…. 햄버거 먹고 싶다.

윤지_ 지금 생각난 건데, 젊을 때 인생의 쓴맛을 미리 아는 게 좋을 수도 있어. 나중에 다른 사건이랑 비교하면서 '이

정도는 쓴 축에도 속하지 못해. 아유, 이건 달콤한 수준이지' 하며 견디고 이겨낼 수 있으니까. 쓴 약을 먼저 먹고 나면 단맛이 극대화되는 거지. 이렇게 된 김에 20대 내내 실수를 하고 몸으로 때우는 거야. 이후에 체력이 사그라들어 몸으로 때우는 걸 더 할 수 없을 때가 오면 경험을 바탕으로 인생의 단맛을 마음껏 누리는 거지. 급식을 받아오면 먹기 싫은 걸 먼저 한꺼번에 다 먹는 전략 같은 건데, 어때?

서형_ 웃겨. 웃기고 좋아.

윤지_ 내가 다이어리에 써놓은 거 읽어줄게. 맹자가 한 말이래. '하늘이 어떤 사람에게 장차 큰 사명을 맡기려 할 때는 반드시 그 마음과 뜻을 괴롭게 하고 그 몸을 지치게 하고 그 육체를 굶주리게 하고 그 생활을 곤궁케 하여 하는 일마다 어지럽게 하니 이는 그의 마음을 두들겨서 그의 성질을 참게 하여 지금까지 할 수 없었던 하늘의 사명을 능히 감당할 수 있도록 하기 위해서다.'

서형_ 유치원 때 선생님들이 해주던 말 같네. "재가 너 좋아해서 괴롭히는 거야!"

윤지_ 실망스러운 마음을 잘 참고 또 한 번 믿어봐. 여기서 좌절감에 어떻게 대처하는가, 거기에 달렸다고 상상해. 이걸 잘 인내하고 이겨내면 급식판에 남은 미니 돈가스를 실컷 먹을 수 있는 거야. 그니까 오늘 지갑을 찾아 헤매고 실망할 수 있는 건 좋은 거야.

김빠진 행복 같은 걸 원해

삿포로의 숙소는 도쿄에서 만난 친구 마메의 아버지가 운영하는 곳이었다. 친구는 '기제Gyze'라는 밴드에서 보컬을 맡고 있었고, 숙소 이름은 밴드 이름을 따서 '기제'였다. 우리에게 신선한 초밥을 잔뜩 먹인 마메의 아버지는 날이 좋지 않으면 유빙선이 뜨지 않을 수 있으니 하루 더 지내다 가라고 했다. 편의점에서 되는 대로 명란 스파게티, 컵라면,

주먹밥, 푸딩, 밀크티, 콘 아이스크림 같은 걸 사서 숙소로 돌아왔다. 밖은 쉬지 않고 눈이 내리고 우린 강아지처럼 창가에 앉아 눈 내리는 걸 구경했다.

윤지_ 아, 행복해.

서형_ 나도. 근데 무서워, 헐. 너무 행복해서 나 지금 무서워, 윤지야.

윤지_ 그럼? 안 행복하고 싶어?

서형_ 이렇게까지 행복한 거는 원하지 않아. 이것보다는 좀더 사그라진, 김빠진 행복을 원해.

윤지_ 신기하네. 이상하고.

서형_ 내가 행복을 제 발로 걷어차는 실수를 또 할까봐. 그런 짓을 저지르기 전에 행복이 알아서 사라졌으면 좋겠어. 그러면 내 잘못이 아니잖아. 나는 왜 이렇게 좋은 날 불안할까? 힘들게 일할 때가 아니면 다 불안해. 이렇게까지 매일 불안해하면서 일하는데 사는 게 하나도 나아지지 않는 게 신기해.

윤지_ 욕망으로 기뻐하고 욕망으로 괴로워하는 자를 보고 있도다. 러너가 목표 지점까지 달리는 중에 도파민이 분출되는 현상 같은 건가? 러너스하이Runner's High에 중독되어 달리기를 멈출 수 없게 되는 거지. 근데 뭔지 알 것 같아. 내가 한참 잘하고 싶을 때, 잘 살고 싶어 애쓸 때 엄청 조바심을 느꼈어. 계속 뭘 더 해야 할 것 같고, 시간을 낭비하면 안 될 것 같고, 잠은 적게 자고 일은 더 많이 해야 할 것 같고. 지금도 그런 생각에 자주 휘말려. 예전에는 자기 전에 준비를 많이 했다? 내일 일정이랑 날씨를 확인하고 옷을 준비해. 내일 해야 할 일도 적어. 안 그러면 또 잊어버리고 실수하니까. 침대에 누워 눈을 감고서는 머릿속으로 시뮬레이션을 해. '아침에 일어나면 씻고, 먹고, 이거 입고, 이걸 챙겨서 먼저 이걸 하고….' 요새는 자기 전에 아무 생각도 하지 않는 연습을 해. 훨씬 더 잘 먹고 편하게 잘 수 있어. 너도 해봐.

서형_ 아침부터 뭔가를 잃어버릴까봐 무서운데….

윤지_ 나는 너가 아니라 남이잖아. 그러니까 객관적인 시선으로 말해줄 수 있어. 아침부터 뭘 잃어버려도 괜찮아. 일정을 빼먹고 못 챙겨도 진짜 괜찮아. 지금까지 너 열심히 뛰었고 그건 언제든 다시 뛸 수 있다는 거야. 오늘 편의점 음식 먹고 뒹굴어. 오늘 못한 건 내일 하면 돼. 안 되면 같이 해줄게. 같이 하면 다 할 수 있어.

서형_ 삿포로에서 좀 연습해볼까. 내가 흘리면 네가 꼭 주워줘라.

유빙과 유빙선

유빙을 보러 아바시리로 향했다. 하노이에서 출발해 방콕을 거쳐 일본까지 온 윤지는 일본에서도 도쿄에서 삿포로를 거쳐 아바시리까지 이동해야 했다. 여행에서 이동에 할애하는 시간과 비용의 비중이 컸다.

서형_ 세상이 끝이 없다. 기분이 끝내줘. 무한해. 우린 모르는 게 너무 많아.

윤지_ 하늘과 바다가 이어진 것 같아. 끝이 가늠이 안 된다. 우린 진짜 모르는 게 너무 많아.

서형_ 조금만 더 늦게 왔으면 유빙이 다 녹고 없었겠다. 유빙이 녹는 게 아쉬워.

윤지_ 녹은 유빙은 시베리아로 흘러갔다가 내년에 다시 돌아올 거야. 해류를 보면 그래. 사라지는 게 아니니까 아쉬워하지 마.

서형_ 그래. 근데 어젯밤 방이 좀 춥지 않았어?

윤지_ 추웠어. 히터 시스템이 좀 독특하더라. 희망 온도를 설정해 두면, 그 온도에 도달하는 순간 전원이 꺼지더라고.

내가 몇 번 일어나서 다시 켰는데, 그래도 추웠지?

서형_ 목표에 도달하면 그걸로 끝인 놈이네. 출제자의 의도를 파악해야지. 바보 같으니라고.

윤지_ 우리가 탄 유빙선은 딱 그 히터랑 반대야. 호버크라프트는 임계점까지 엄청난 힘을 들여야 해. 그래도 쉬이 움직이지 않아. 근데 한번 작동하기 시작하잖아? 그럼 이렇게 얼음도 다 깨부수고 앞으로 나아가는 거야.

서형_ 나 일할 때 같네. 마감 전까지 커뮤니티 뒤지고 SNS 둘러보고 예열될 때까지 엄청 오래 걸리다가 마감 늦어서 미친 속도로 해치우는 게. 유빙선이랑 한 가지 다른 건 마감 직전에도 엄청난 힘이 작동되진 않는다는 사실….

윤지_ 마감이 코앞까지 닥쳐와도 주먹을 한 방 먹을 때까지 꿈쩍을 할 수 없어. 미루지 않고 미리미리 계획에 맞춰 일하는 방법은 없을까? 먼저 해놓고 놀면 마음도 편하잖아.

서형_ 할 일 있을 때 몰래 야금야금 노는 게 또 진짜 재밌는데…. 먼저 해놓고 노는 건 거의 안 될걸? 일은 끝이 없잖아. 놀 수 있을 때 놀아야 더 많이 놀 수 있어. 일을 다 해야만 놀 수 있다고 정해놓으면 지금의 반의 반도 못 놀 거야.

윤지_ 급식 받으면 맛있는 거 먼저 먹고 보는 애네. 그것도 좋지.

유빙선을 보고 나니 할 일이 없었다. 오타루로 옮겼다. 유명한 관광지라 현지인보다 여행객이 더 많이 보였다. 특히 중국인 관광객이 많아 하얼빈에 온 것 같았다. 카메라를 메고 있으면 기념사진을 찍어 줄 것을 부탁받을 확률이 높아진다. 수고스럽게 저 정도 큰 카메라를 들고 다니는 사람이라면 가치 있는 사진을 찍을 거라 기대하니까. "이, 얼, 싼!" 중국어로 숫자를 세고 사진을 찍어줬다. 뒤이어 다른 가족도 사진을 찍어 달라고 부탁했다. 가족들끼리 하는 대화를 관찰하다가 이번엔 태국어로 "능, 성, 쌈!" 재롱을 부렸다.

예약되지 않은 자유

삿포로에서 도쿄로 돌아가는 기차에는 자리가 없었다. 여정의 절반까지만 좌석을 예매하고 나머지 절반은 자유석을 예매했다. '자유석un-reserved'이라 써진 기차 칸을 찾아 빈자리가 나기를 기다렸다. 정해지지 않은 우리 앞날은 자유였다.

윤지_ 아, 돌아가기 싫어.

서형_ 나는 여행 끝나고 돌아갈 때가 제일 좋던데. 길바닥을 헤매다가 무사히 집 찾아 돌아오는 내가 정말 기특하고.

윤지_ 나는 여행 시작할 때가 좋아. 배낭을 휘릭 들쳐업을 때. 못 미더워했는데 되게 튼튼하고 듬직한 녀석이구나, 자기 물건은 자기가 짊어질 줄 아는구나, 느낄 때 말야. 아, 나

잘 살 수 있을 것 같아. 언제든 다시 보러 올게. 너도 언제든 그렇게 해.

서형_ 언제든?

윤지_ 또 생각난 건데, 언제든 여길 떠날 수 있다고 생각하면 오히려 현재의 삶에 충실해지는 것 같아. 왜, 내일이 내 삶의 마지막인 것처럼 살라고도 하잖아.

서형_ 그럼 맨날 여한 없이 살아야지. 갑자기 윤지가 온다거나, 오라거나, 놀러가자고 하면 얼른 가방 싸서 탁 하고 등에 메고 신발끈 꽉 묶고 빳빳이 고개 들고 가야지.

윤지는 이런 편지를 남겼다.

'철새에게 방향 감각이 필요한 것처럼 인간은 역사의 의미를 필요로 해. 상황이 어떻든 간에 인간은 애착이 없고 유토피아가 없는 생활에 만족할 수 없지. 너와 함께 만든 이야기는 나의 역사가 되고 그 역사는 나의 방향 감각이 되고 언제나 큰 꿈을 그리게 해. 속상하고 억울할 때 조용히 등 두드려줘서, 말도 안 되는 것 같지만 꼭 이룰 수 있을 것만 같은 꿈에 동참하고 함께 설레줘서 항상 고마워. 너는 바다 건너편 어딘가에서 또 억울한 일에 분노하며 잠 못 이뤄도 끝까지 버티고 있다는 사실만으로 나에게 큰 힘이야. 하지만 고통이 유일한 성장 기준은 아니야. 너무 고통스럽다면 이게 맞는지 꼭 되돌아봐. 내 눈에 넌 빅토르 세르주보다 더 훌륭하고 맹자가 선택한 사람이야.'

박쥐와 콩국수

"설탕 파야, 소금 파야?" 콩국수를 먹을 때면 사람들은 묻는다. 한때 혈액형을 답하던 때처럼, 혹은 최근 어디서나 물어보는 MBTI를 말할 때처럼 잠깐 고민에 잠긴다. 나는 대학에 진학하여 서울로 오기 전까지 전라남도 광양에서 13년, 경상북도 포항에서 6년을 살았다. 비율로 따지자면 전라도 사람이다. 한편, "이번 연휴에 고향 내려가?"라 묻는 질문에 상경한 이래 지난 13년간 포항을 떠올린 걸 보면 경상도 사람이라고 해도 무리가 없다.

광양에서 13년을 살다가 포항으로 옮겨 포항의 한 초등학교를 졸업했다. "야, 있냐"로 대화를 시작하려 들면 친구들은 대체 뭐가 있느냐고 물었다. "야, 지현아!" 친구를 부르면 시비 거는 것 같으니 '야'는 좀 빼달라고 했다. 아니, '야' 없이 친구를 어떻게 불러, 나는 황당했다. 포항에서 새로 사귄 친구들은 전라도 사투리를 영 낯설어했다. 반면, 나는 사납게 들린다고 생각했던 경상도 사투리에 빠르게 적응했다. "에, 씨뻘건노." "니 숙제 했나?" 내 딴엔 그들의 말투와 다를 게 없다고 여겼지만, 포항 친구들은 금방 알아챘다. 사투리를 억지로 흉내내는 건 닭살 돋는 일이니 그만두라고 면박을 줬다.

중학교에는 여러 초등학교에서 올라온 친구들이 섞여 있었다. 굳이 말하지 않으면 아무도 내가 타지에서 온 걸 모르겠지만, 남의 걸 억지로 따라하려니 자존심이 상했다. 혼자 튀는 일 역시 내키지 않았다. 포항 사투리도, 광양 사투리도 아닌 걸 쓰려니 남은 건 표준어뿐이었다. 아무도 이상하게 여기지 않을 말씨를 적당히 찾아서 썼다.

그래서 콩국수에 뭘 넣어 먹느냐 하면, 그냥 그때그때 상황에 맞췄다. 마주앉은 사람이 설탕을 넣으면 나도 설탕을, 소금을 넣으면 소금을 쳤다. 테이블에 둘 다 없으면 그냥 안 넣어 먹기도 했다. 별 이유는 없었다. 지역색을 구분하려는 상대의 의도를 흐트러뜨리고 내가 어떤 사람인지 파악할 수 없게 하려고 그러는 게 아니었다. 그냥 나도 뭘 넣어야 할지 잘 몰라서 그랬다.

돌이켜보면 박쥐 같은 인간이 따로 없다. 어려서 읽은 동화책 속 박쥐는 살기 위해 되는 대로 머리를 굴리는 녀석이었다. 들짐승과 날짐승 사이 전쟁이 벌어지자, 눈치를 본다. 날개는 있지만 부리가 없고, 다리는 있지만 땅에 살지 않는 특징을 교묘히 이용한다. 들짐승이 이길 것 같으면 사자에게 찾아가 "저는 쥐입니다. 이름도 박'쥐'잖아요. 같은 편이 되게 해주세요"라고 호소한다. 날짐승의 반격이 거세져 자신의 처지가 위태로워지면, 독수리에게 찾아가 날개를 펼쳐 보이며 "저는 날 수 있으니 날짐승입니다. 같은 편이에요"라고 말을 바로 바꾼다. 어른이 된 나는 여전히 박쥐처럼 상황을 살피고 적절한 노선을 취한다. 무리에 경상도 사람이 많으면 나 역시 경상도 사람임을, 전라도 아이덴티티가 필요할 땐 전라도 태생임을 내세운다.

편견 없는 '설탕 두 수저 콩국수남'

몇 해 전부터 콩국수가 종종 화제에 올랐다. 평양냉면에 이어, 여름 음식 호불호 대장의 계를 잇는가 싶었다. 스물일곱 살에 만난 남자는 먹고 싶은 걸 분명하게 말하는 사람이었다. 그는 내가 아르바이트하는 곱창집의 사장님이었다. 잡지사의 월급이 너무 적어 아르바이트를 하지 않고는 서울에서 생활할 수 없었다. 평일 늦은 밤 혹은 주말이면 건대 앞에 있는 곱창집에 일하러 갔다. 남자는 여름의 분위기가 풍기자마자 내게 여의도로 콩국수를 먹으러 가자 했다. 그는 끼니마다 먹고 싶은 걸 분명하게 말할 뿐 아니라 먹고 싶은 게 생기면 그 음식을 가장 잘하는 가게를 알아내 멀리까지 찾아가곤 했다. 제대로 만들어 먹을 생각으로 입에 맞는 조리법을 알아낼 때도 있었다.

나는 콩국수를 좋아했던가. 어려서부터 먹었지만, 기쁘게 먹었는지는 모르겠다. 설탕을 듬뿍 넣고 먹는 시장 팥칼

국수를 좋아했던 기억은 있는데…. 나는 뭘 먹어도 배만 차면 그만이다. 복잡한 조리 과정은 원치 않는다. 도구와 그릇이 많이 필요한 요리는 더 싫다. 이런 내게 여름 음식은 최고의 옵션이다. 끓이고 볶고 지지지 않아도 먹을 게 많은 계절이다. 그저 날것을 씹어 먹어도 좋은 계절이다. 혼자 밥을 먹을 때면 주로 우유에 시리얼을 말아 먹었다. 대체로 먹고 싶은 게 따로 없는 나는 "먹고 싶은 거 없어?"라는 질문이 가장 곤란하다. 그때그때 먹고 싶은 게 떠오르는 삶이 행복한 삶이라던데, 불행을 들키는 것 같아 영 불편하다. "아무거나"라는 대답은 선택을 상대에게 미루는 성가신 일인 걸 알기에 약속 전에 식당을 몇 군데 찾아놓는다. 결국 상대에게 "네가 먹고 싶은 거 먹으러 가자"고 말하는 재미없는 사람이 나다.

하루는 그 남자와 을지로에서 콩국수를 먹기로 했다. 지하철에서 내려 얼마 걷지도 않았는데 이미 땀이 주르륵 흐르는 무더운 날이었다. 가게는 콩국수만 팔았다. 그는 수저 가득 황금색 설탕을 퍼서 국수에 부었다. 같은 동작을 한 번 더 반복했다. 젓가락을 양손에 한 짝씩 들고 면 양쪽에 찔러 넣었다. 물레방아를 돌리듯 콩국수 면을 섞었다. 뭐 하느냐고 물으니 면을 섞는 데 집중한 남자가 말했다. "광주 대성 콩물에서 배운 건데, 이렇게 해야 설탕이 면에까지 잘 배어 들어가." 이내 한입 가득 면을 넣고 씹었다.

콩국수는 맛있었다. 먹고 나오며 생각해보니 그는 내게 설탕을 넣는지, 소금을 넣는지, 묻지 않았다. "맛있었지?"라며 자기가 소개한 가게의 맛이 어땠는지도 묻지 않았다. 애초에 콩국수에 설탕 혹은 소금을 넣는지로 누군가를 판단할 수 없다고 생각하는 사람, 내가 고른 가게가 당신에게 어떻게 느껴졌는지 궁금해하지 않는 사람, 그는 그런 사람이었다. 그는 그냥 지금 자기 앞에 놓인 콩국수 한 그릇을 가장 맛있게 먹는 게 목표인 사람이었다. 콩국수를 다 먹고 카페로 옮겼을 때 그에게 호감을 표했다. 당신을 좋아한다고.

몇 해 여름을 같이 콩국수를 먹으러 다녔다. 콩국수 말고 다른 음식도 함께 먹었다. 어느덧 그는 내가 음식을 가장 편안하게 먹을 수 있는 존재가 되었다. 설탕 두 수저를 넣은 콩국수를 먹는 남자는 늘 어디서 무엇으로 끼니를 해결할지 명확히 알고 있었다. 뭘 먹고 싶은지 모른 채 그를 만나도 괜찮았다. 어차피 가장 맛있는 집에서 배를 채울 수 있으니 말이다.

최대한 밍기적대며 밥 먹기를 좋아하는 나지만, 다른 사람과 식사할 때는 열심히 식사 예절을 지켰다. 거울처럼 상대의 속도에 맞췄다. 앞에서 '면 치기'를 하면 나도 면 치기를 했고, 포크에 말아 입 주변을 닦아가며 먹으면 나도 그렇게 했다. '설탕 두 수저 콩국수남'과는 그렇게 하지 않아도 괜찮았다. 아니, 그렇게 할 수가 없었다. 그는 내가 따라잡을 수 없을 만큼 밥을 빨리 먹었다. "여자랑 데이트할 때는 여자 속도에 맞춰서 백 번씩이라도 씹어. 나도 그렇게 했어." 친형의 조언에도 그는 식사 속도를 늦추지 못했다. 대신 내가 원래 속도대로 먹을 수 있도록 한발 물러나 있었다. 빠르게 콩국수를 비운 후에는 내가 면을 후루룩거리는 동안 빈 잔에 물을 채우고 김치를 더 가져다 줬다. 방금 먹은 콩국수 사진을 인스타그램에 올리기도 했다. "난 어차피 빨리 먹으니까 신경쓰지 말고 천천히 먹어." 그의 무심한 듯한 말에 나는 어쩐지 안심이 되었다.

박쥐가 어때서

그러다 '설탕 두 수저 콩국수남'과 결혼을 했다. 함께 사는 집의 거실에는 가훈이 담긴 액자를 걸었다. 회사에서 주최한 가훈 공모전에서 수상하고 받은 것이었다. 공모전에 참여할 당시에는 가훈 같은 건 없었다. 요즘 누가 그런 걸 만들어. 옛날처럼 대대손손 가족이 모여 사는 것도 아니고,

둘 뿐인 집에!

'영원한 건 절대 없어.' 둘이 사는 우리집 가훈이다. 권지용 성대모사를 하다가 그대로 가훈으로 정한 건데, 그런 것치곤 아주 마음에 든다. 공모전에서도 2등인가 3등을 했다. 영원한 건 절대 없다는 말은 문장 자체로 모순을 이룬다. 절대로 없는 영원함이라…. '절대'와 '영원' 같은 단어들이 의미심장하고 무서우면서도 동시에 모두를 흥얼거리게 한다.

영원한 건 없다. 엊그제 꽃을 피운 나무는 오늘 푸른 이파리를 내밀고, 또 가을이 오면 그걸 다른 색으로 물들여 보여줄 거다. 기쁨은 흩어지고 슬픔은 옅어진다. 돈과 일은 있다가도 없다. 인간은 더하다. 새로운 세포가 원래 있던 세포를 매 순간 대체한다. 인간은 성격이나 외모가 조금씩 계속해서 달라지다가 시간이 더 지나면 예전과는 아예 다른 사람으로 바뀌어 있다. 나는 어제의 내가 아니고 한 달 전의 내가 아니며 1년 전의 나는 더욱이 아니다.

박쥐는 사자와 독수리에게 말한 것처럼 들짐승 무리를 위해 싸우거나 날짐승 편에 서서 싸우지 못했다. 하나의 몸이 양쪽 진영에서 동시에 싸운다는 것은 애초에 불가능한 일이다. 대신 중립에서 아무 편도 들지 않으며 싸우지 않는 방법을 택할 수 있다. 박쥐는 동굴에서 조용히 사는 동물이다. 동굴은 깜깜하고 습해서 다른 동물들은 기피하는 장소다. 박쥐는 모두가 자는 밤에만 나와서 벌레와 열매를 조금 먹고 낮이 되면 다시 동굴로 돌아가 깊은 잠을 청한다. 들짐승과 날짐승 중 명확히 하나로 구분되지 않을 뿐, 주변에 피해를 끼치지 않는다.

어딘가에 속하고 분류되지 못하는 건 박쥐를 슬프게 했을까. 아니면 기회라고 생각하며 기뻐했을까. 소속감 같은 건 아무래도 좋다. 무리와 나의 모습이 달라 움츠러드는 것도 잠깐이다. 살아갈 구멍을 많이 마련할 수 있다면 그걸로 된 거다. 박쥐면 어때!

내게는 전라도 사람의 자아도, 경상도 사람의 자아도 뚜렷하지 않다. 누군가 나의 전라도 자부심을 건드리면, '경상도에서 중고등학교를 나왔으니 나는 경상도 사람이지'라고 생각하며 넘긴다. 억세고 드센 경상도 사람의 특징을 누군가 꼬집으면 반대로 '난 아님. 부모님과 조부모님이 모두 전라도 사람인데 무슨!'이라고 생각하고 말아 버린다. 누가 어디서 사투리 같은 걸 시키면 박쥐의 태도를 적절히 활용한다. "경상도에서 자라서 전라도 사투리는 다 까먹었어" "부모님이 전라도 분이시고 전라도에서 태어나서 경상도 사투리는 잘 못해"라고.

어제는 서리태 콩국수 한 그릇을 받아들고 생각했다. '씹기 좋은 소면에 적당히 갈리다 만 콩 껍질이 섞인 회색의 콩물. 간은 적절하고 농도는 묽은 편이며 채 썬 오이와 방울토마토를 올린 게 최상의 콩국수군!' 하고. 나도 이제 제법 내가 원하는 콩국수를 알고, 그것을 좋아한다고 말할 줄 알게 된 것이다.

그래서 요즈음 나는 콩국수에 뭘 넣어 먹느냐 하면, 설탕과 소금 모두 넣는다. 백종원 선생님은 우유에 소금을 넣어 마시는 방법을 전수한 바 있다. 우유가 더 달고 고소해진다며. 설탕만 넣은 콩국수보다 설탕과 소금을 모두 넣은 콩국수는 더 달콤하고 진한 맛을 낸다. 한 그릇을 먹을 건데 가장 진하게 먹을 수 있다면 그것이 최상의 수가 아니겠는가.

지구는 둥그니까,
카우치서핑

배낭을 앞뒤로 끌어안고 계단을 빠르게 올랐다. 가을 새벽녘에 독일 베를린 중앙역에 당도했다. 지하철역에는 겨우 흐릿한 빛만 남아 있었다. 출구를 찾기 어려웠다. 당황하니까 더 보이지 않았다. 사람들은 길을 묻는 나를 피했고, 내게 말을 거는 사람들은 취해 있었다. 길을 헤매느라 등이 땀으로 축축하게 젖었다. 아침 10시가 되어서야 겨우 찾던 집에 도착했다.

"고요한 아침의 나라에서 온 손님이 드디어 도착하셨구먼. 아침 일찍 오겠다더니 늦어져서 걱정했어." 집주인은 껄껄 웃으며 거실로 안내했다. 그곳엔 이 도시의 방식대로 아침 식사가 차려져 있었다. 깨를 뿌려 구운 부드러운 빵, 얇게 썬 치즈, 살구잼, 연어와 살라미, 요거트, 우유와 홍차까지…. "우리끼리 아침을 먼저 먹고 있었어. 얼굴을 보니 이미 험난한 하루를 보낸 것 같은데 너도 어서 와서 먹어. 다 먹고 나면 동네를 소개해줄게!"

몇 시간 전만 해도 차갑고 어두운 이 도시를 최대한 빨리 떠날 생각이었다. 하지만 아침을 두둑하게 먹고 나니 마음이 바뀌었다. 도시는 한결 다정한 모습을 하고 있었다. 길은 깨끗하고 표지판은 선명하고 날은 선선했다.

앞서 설명했듯 카우치서핑은 여행자가 몸을 누일 소파Couch를 파도 타듯Surfing 이 집 저 집 넘나들며 찾는 행위를 의미한다. 2004년 미국 보스턴의 대학생 케이지 펜턴이 처음 시작했다. 아이슬란드 여행을 앞둔 그는 돈을 아끼기 위해 아이슬란드의 대학생 1500명에게 이메일을 보내 자기를 재워줄 수 있는지 물었다. 그리고 50통의 답변을 받았다. '이게 되네?'라는 긍정적인 경험을 한 케이지는 플랫폼을 만들어 규모를 세계 단위로 넓혔다.

그날 자기 집에 나를 초대한 사람은 카우치서핑 호스트 마르틴 펠러였다. 젊어서 우체부로 일하며 여행을 즐기던 그는 나이 들고 몸이 아프면서 다른 방식의 여행을 시작했다. 한국과 브라질, 대만과 태국의 풍경이 매일 그의 집을 드나들었다. 그의 담벼락엔 772개의 후기가 남아 있다. "2006년에 카우치서핑을 시작했어. 첫 게스트는 캐나다 출신의 아마추어 축구 선수였어. 같이 밥을 먹고 동네를 소개해주며 늦은 시간까지 떠들던 기억이 좋았어. 그 후 10여 년간 2000번 넘게 카우치서핑을 했어. 돈 없이 여행할 수 있다는 것도 좋지만 마음과 시간을 기꺼이 지불할 친구를 만들 수 있다는 게 카우치서핑의 장점이야." 펠러가 말했다.

숙박에 돈은 들지 않지만 노력은 필요하다. 펠러에게 좋은 게스트가 되는 팁을 물었다. "무료 호텔이 아니라는 걸 알아야 해. 낯선 집에 가서 자는 게 무서운 것처럼 호스트도 낯선 사람을 들이는 게 무서워. 네가 누군지, 왜 우리 집에 오려는지 알 수 있도록 메시지를 써. 이름, 국적, 취미, 여행의 목적, 머물고 싶은 날짜와 도착 시각 정도는 알아야 너를 판단할 수 있겠지?"

더불어 그는 무리한 일정으로 카우치서핑을 이용하지 말 것을 당부했다. "늦은 밤이나 새벽에 도착하면 문을 열어 주기 힘들어. 숙박 업소처럼 24시간 로비에서 너를 기다릴 수는 없어. 그동안 경험으로 봤을 때 피곤한 상태로 도착한 여행자와는 대화를 나누기 힘들어. 잠만 자고 가는 사람과는 친구가 될 수 없으니 호스트도 아쉽지. 자국의 기념품을 준비해 오는 사람도 있지만, 그렇지 못해도 이해해. 여행자는 짐을 줄이는 일이 중요하니까. 휴대폰에서 사진을 보여 주거나 여행 얘기를 나누는 것으로 충분해. 무엇보다 중요한 것은 카우치서핑을 이용했다면 귀국해서 호스트가 되어야 한다는 거야. 작은 방, 낡은 소파, 바닥이라도 괜찮아. 다른 여행자에게 기회를 주는 거야."

여기까지 내가 2023년 《한겨레》 신문에 기고한 글이다. 나는 북유럽 여행 다음으로 동유럽 여행을 하면서 계속 카우치서핑을 이용했다. 이듬해에는 노동력을 주고 숙박을 얻는 우프와 워크어웨이 플랫폼을 활용해 중미에서 지냈다. 모두 혼자였다. 지금 남편이 된 남자친구 김현욱은 웜샤워Warm Showers 플랫폼을 이용해 미국과 캐나다, 유럽을 자전거로 여행했다. 몇 년에 걸친 자전거 여행 동안 지붕과 따뜻한 샤워를 제공받았다. 자전거 여행자의 컨디션은 전날 '지붕 아래서 잤는가'와 '샤워를 했나'로 판가름 난다. 웜샤워는 뜨거운 샤워와 잘 곳을 제공하는 자전거 여행자를 위한 플랫폼이다. 1993년 캐나다의 자전거 여행자 두 명의 아이디어로 만들어져 2005년 정식 사이트를 열었다. 회원 수는 10만 명이며, 그중 절반이 호스트로 활동하고 있다.

여행지에 가면 낯설지 않은 게 없다. 말도 어색하고 길도 어렵다. 어디에 가서 뭘 주문해야 뜨끈한 국물을 먹을 수 있는지, 가볍고 큰 용량의 물통은 어디서 살 수 있는지, 나무숲을 따라 걷고 싶을 땐 어디로 가야 하는지 등 궁금한 것

투성이다. 아는 것보다 모르는 게 많을 때, 가진 것보다 가지지 못한 게 많을 때 여행자는 자신감을 잃는다. 그럴 때 현지에 있는 친구는 언제나 큰 도움이 된다. 웜샤워를 통해 구한 방은 반들반들한 호텔보다, 호텔만큼 쾌적한 에어비앤비보다 더 가깝고 따뜻한 방이 된다.

게스트에서 호스트가 되고 보니

김현욱의 제안으로 6년 전부터 카우치서핑과 웜샤워 플랫폼의 호스트가 되었다. 정확히는 성수동에 있는 그의 집에 게스트를 불렀다. 아랫집에 볼트를 파는 가게가 있어 '볼트하우스'라 이름 붙였다. '@bolthouse_seoungsu'라는 인스타그램 계정도 만들었다. 사람들은 여행 중 용기를 내어 낯선 사람 집에서 머문 에피소드를 자랑한다. 카우치서핑 여행으로 책을 쓰고 강연을 다니는 사람도 있다. 하지만 그건 진짜 자랑거리가 되지 못한다. 낯선 여행자를 내 공간에 들이며 그동안 받은 호의를 다른 게스트와 나눌 때 진짜가 된다. 남자친구의 제안이 없었으면 나는 평생 반쪽짜리 여행자로 남았을 거다.

2020년, 프랑스 외르에서 온 스무 살 조이는 카우치서핑 게스트로 볼트하우스에서 사흘을 머물렀다. 그는 농장을 찾아가 농사일을 돕는 플랫폼인 우프로 한국을 여행했다. "제주도에서 호박을 따고, 수원의 한 비닐하우스에서 잡초를 뱄어요. 쉴 때는 한국의 간식도 먹고 막걸리도 마셨어요. 관광으로는 들르기 어려운 소도시의 작은 마을을 볼 수 있어 좋았어요. '아줌마'들이 엄마 같은 마음으로 '배불러' '더 먹어' 같은 한국말도 많이 알려줬고요."

우리 집에서 처음 요리를 해 본 남자도 있었다. 고등학교를 졸업하고 갓 성인이 되어 홍콩에서 서울로 여행을 온 호호는 햇반 아홉 개에 베이컨과 온갖 채소를 넣고 기름 반 통을 부어 볶음밥을 만들었다. 재료를 한꺼번에 넣고 볶아 음식은 차마 먹기 어려운 맛이었고, 세 사람이 먹기에 양이 너무 많았으며, 부엌은 엉망이 되었다. 축구를 하고 돌아와 밤 10시에 배가 고픈 채로 먹기에도 버거운 맛이었다. 선뜻 숙박을 제공해준 호스트를 위해 어쨌든 그는 할 수 있는 최선을 다했다.

미국 볼티모어에서 유기농 꽃 농장을 운영하는 마야네 가족은 2019년 여름 볼트하우스에 들렀다. 마야는 남편 맥스, 여섯 살 마리, 네 살 메디와 함께 자전거를 타고 한국을 누볐다. 넷은 아침이면 달걀을 삶고 식빵을 구워 자전거를 타러 나갔다. 관광지와 야외 수영장, 공원과 놀이터를 고루 섞어 일정을 짜놓고 녹초가 되도록 놀았다. 저녁이면 맥스는 다 함께 먹을 저녁 식사를 준비하고 마야는 두 딸과 오늘 있었던 일을 그림과 글, 사진으로 정리해 블로그에 올렸다. 거침없이 새로운 음식에 도전하고 새 친구를 사귀고 페달을 힘차게 굴리는 네 식구를 보며 끝이 보이지 않는 장마의 우울함을 이겨 냈다.

그들이 서울에서 시작한 여정은 카우치서핑과 웜샤워 플랫폼을 이용해 거리로는 1551km, 시간으로는 11주 동안 계속되었다. "한국에 있는 동안 호텔에 단 두 번 머물렀어요. 텐트에서 자거나 웜샤워를 이용했죠. 그때 길에서 받은 호의를 돌려주고 싶어요. 두 딸에게도 알려주고 싶고요. 낯선 사람의 친절을 경험하고, 모르는 여행자를 돕는 마음을요."

카우치서핑과 웜샤워 게스트로 볼트하우스는 늘 북적였다. 세 팀의 게스트가 동시에 지내기도 했다. 코로나 시기를 거치며 카우치서핑 호스팅은 멈췄다. 대신 웜샤워 호스트 역할에 집중해 자전거 여행자를 더 만나기로 했다. 김현욱은 더 나은 호스트가 되기 위해 발전하고 또 발전했다. 눈빛만 보고도 어려움에 처한 여행자를 알아보고 손을 내미는 경지에 이르렀다. 신문에 카우치서핑에 관한 기사를 쓰며 취재차 '쿨한 호스트가 되는 법'을 물었을 때 그는 이렇게 답했다. “여행 일정과 코스를 정해야 하는 여행자를 배려해 메시지 답변은 최대한 빨리 해주세요. 그다음에는 여행자와 나눌 시간을 마련하세요. 함께 동네 산책을 하고, 밤에 맥주를 마시며 수다를 떨고, 여행지 추천을 해주세요. 게스트와 충분한 시간을 보낼 수 없다면 무료 숙소 제공자에 그칠 수 있어요.” 그는 거의 매번 아침 식사를 차려주고, 떠나기 전 짐을 싸기 위해 필요한 종이 상자 구하는 일을 돕고 이동하며 먹을 간식도 챙겨줬다. 먹을 게 있으면 먹을 것을, 시간이 있으면 시간을 나눴다. 과장해서 잘하려 노력하지 않고 할 수 있는 범위에서 최선을 다한다. 그래야 다음 게스트도 기쁜 표정으로 응대할 수 있다.

집에 앉아 너른 세상을 보는 힘

미국의 작가 폴 오스터는 한 인터뷰에서 말했다. “사람들은 대체로 자기 주변을 둘러보지 않은 채 인생을 지나쳐 버린다. 인생에서 기억의 힘은 우리가 과거를 찾아 헤매는 동안 과거를 새롭게 돌아보고 새삼스럽게 이해를 심화하는 데 있다. 그를 기회로 삼아 현재와 맞닥뜨리는 방법도 달라질 수 있다"고. 그의 소설《달의 궁전》은 일본에서 취직하지 못한 채 비자 만료일에 쫓겨 인생이 나락으로 떨어지는 기분이 들던 때 나를 살렸다.

주변에서는 에어비앤비 등의 플랫폼을 활용해 돈을 받고 여행자를 들이라고 조언한다. 어디서 온 누군지 모를 사람을 함부로 집에 들였다가 험한 일을 당하면 어쩌냐고 걱정도 해준다. 모르는 사람을 돕지 말고 곁에 있는 자기부터 도우라고 말하기도 한다. 세상은 혐오로 가득하고 인생은 한 치 앞도 알 수 없는 와중에 '이걸 계속해도 괜찮을까' '저 사람이 내게 뭘 돌려줄 수 있을까' 의심하고 경계하며 혐오에 빠지기는 쉽다. "인간은 원래 못됐고 성악설이 진리이기 때문에 나는 인간들이 싫다"고 말하면 끝이다. 실망할 일도,

기대할 일도 없어진다. 그런 마음일 때 지하철에 탄 사람들의 얼굴을 보면 제각각 밉다.

큰 도시에선 남을 돕는 일이 허튼짓으로 여겨진다. 다 함께 전력 질주하는 경기에서 사려 깊은 태도는 뒤처지는 결과를 낳기 십상이다. 괜한 오지랖으로 남을 도왔다가 어려움에 빠지기도 한다. '나대지 말 것' '나서지 말 것'은 이 도시의 룰이다. 친절이 바보들의 전유물이 될수록 남에게 도움을 청하는 일은 어려워진다. 폐를 끼치지 않으려 노력할수록 내 세계는 좁아진다. 어딘가에서 이런 글을 읽고 노트에 적어 두었다. '모든 것이 숫자로 귀결된다. 그러나 조금 더 긴 소통과 응대가 힘겨운 삶을 살아가는 누군가의 삶의 질에 가져다 줄 차이를 생각해 보라! 우리는 배려와 돌봄을 더욱 장려해야 한다.'

김현욱이 최선을 다해 게스트를 응대하는 동안, 나는 옆에서 그들을 관찰했다. '할 수 있다'보다 '되겠지, 뭐' '괜찮아' '어쩔 수 없지'의 태도를 가진 사람들, 콧수염을 기른 털보, 푸디, 비건, 자유로운 영혼의 소유자, 유튜버, 괴짜, 닳도록 입어 구멍난 옷을 걸친 커플 등 제각각 자기만의 세상을 품은 여행자들이 끊임없이 드나들었다. 그 사람들을 바라보는 것만으로도 좁은 세상에서 벗어날 수 있었다. ASAP으로 답변 달라는 메일, 당장 두 시간 후가 마감인 기사, 대뜸 연락해 정보만 물어 가는 통화, 나만 손해 보는 게 아닐까 걱정하며 졸이는 마음으로부터 멀찍이 떨어질 수 있었다. 단호하지 못한 마음으로 부질없는 짓을 해도 괜찮았다.

계속 여행자로 살고 싶었다. 나는 여행할 때 가장 편견이 없고 뭐든 할 준비가 되어 있으며 적극적이었다. '내가 언제 또 이런 걸 해보겠어'의 마음가짐은 선택을 미루지 않는 데 유용하게 쓰였다. 반면 당장 필요하지 않은 물건에는 욕심 내지 않았다. 혹시 몰라서 일단 챙기는 것들은 배낭에 들어가면 모두 짐이 될 뿐이었다. 내가 준 마음만큼 돌아오지 않으면 어쩌지 의심하지 않았다. 여행 중에 만난 사람들은 다시 만나지 못할 확률이 높았다. 지금 내가 고맙고 행복하다면 아낌없이 표현했다. 계산만큼 쓸모없는 일이 없었다. 여행을 계속할 수는 없다. 여행자가 아닌 채로 살려니 괴로웠다. 여행자를 초대하는 동안엔 일상을 살면서 여행자가 될 수 있었다. 이 세상에선 그 누구도 2회차의 삶을 살 수 없다. 대신 눈을 조금만 돌리면 다른 생을 경험할 방법은 얼마든지 있다. 급할 게 하나도 없다.

지금은 남편이 된 남자친구를 인터뷰할 일이 있었다. 영화학, 무역학, 간호학 등 세 개의 대학과 전공을 거쳐 음식점을 운영하고 있던 그에게 이런 얘기를 꺼냈다. "원하는 방향을 택할 수 있는 용기 있는 사람은 힘든 일을 겪어도 금방 회복할 수 있대요. 실패해도 다시 일어설 수 있다는 믿음이 있어서. 전혀 다른 방향으로 틀 수 있는 용기는 어디서 나와요?" 그는 과거를 미화하고 싶지 않다며 이렇게 답했다. "실패해도 다시 일어설 수 있다는 믿음이 있어서 이렇게 산 건 아니에요. 포기가 실패라고 느껴지지 않았을 뿐이에요. 저는 사는 게 재밌거든요. 계속 살고 싶고, 살아갈 건데 불행한 채로 살 수는 없잖아요. 그래서 어쩔 수 없이 내가 행복할 수 있는 걸 계속 찾는 거예요."

몇 달 전, 우리가 이사를 나오면서 볼트하우스는 에어비앤비로 돌렸지만 가끔 웜샤워 게스트를 받는다. 어제는 2년 전에 볼트하우스에서 모기에 잔뜩 뜯겼던 포틀랜드 출신의 자전거 여행자 벤저민이 다시 돌아와 묵었다. 김현욱의 친구에게 자전거를 사고 2주간 한국을 여행했다. 그가 남기고 간 편지에는 이런 게 쓰여 있었다. '두 분을 부모로 둔 아가는 정말 행운아입니다. 아가와 산모, 가족 모두 건강하고 행복하기를 바랍니다.'

우리는 정말 행복하다.

말레이시아를 달리는 자전거

밀린 빨래를 하는 것, 밀린 잠을 몰아 자는 것, 심지어 밀린 원고를 허겁지겁 해치우는 것까지, 밀린 일을 몰아서 하는 기분은 좋다. 적은 시간을 들여 최대 효율을 내는 기분이다. '해야지. 이번에 꼭 해야지.' 마음속에 빚처럼 지고 있던 짐을 털어낼 때의 가뿐한 기분이 마음에 든다. 미리 상자에 포장해 놓은 자전거를 들고 새벽같이 지하철을 탔다. 빼먹은 일은 없는지 곱씹었다. 혼자라면 떠나지 못했을 길이었다. 아마 생각도 안 했겠지.

그동안 자전거 타는 걸 미뤄둔 만큼 진탕 탈 계획이었다. 지난 1월에는 '이사'와 '퇴사'라는 큰 이벤트가 있었다. 동시에 프리랜서로 독립해 일을 시작했다. 혹여 이 일이 다음 일을 할 수 있는 연결고리가 될까, 이 일을 놓치면 다른 일도 할 수 없게 될까, 앞날을 한 치도 예측할 수 없으니 어떤 것도 놓치지 않으려 무리했다. 두어 달 만에 지쳐 버렸다. 일이 진행되는 속도가 너무 빨라 무서웠다. 이래서 무리수를 두면 오래가지 못한다. 계속할 수 없는 일이니까 '무리' '무리수'라고 부르는 거다.

뜨거운 여름 안에서 끝없이 페달을 굴리고 싶었다. 동선과 상세 계획은 남자친구가 세웠다. 나는 공항에 도착해 출발 직전까지 노트북 자판을 두들기며 메일을 썼다. '예전에 말씀드린 바와 같이 40일간의 여행을 가게 되었습니다. 예정대로 업무는 진행될 것이지만, 갑작스러운 연락에는 답이 늦을 수 있습니다. 불편함이 없도록 최대한 노력하겠습니다. 이해해주셔서 감사합니다. 건강히 잘 다녀올게요.' 같은 메일을 수차례 쓰고 보내기를 반복했다.

말레이시아 쿠알라룸푸르 국제공항에 내렸다. 대형 수화물로 자전거가 도착했다. 택시를 불러 자전거를 싣고 예약해둔 호텔로 이동했다. 자정이 가까운 늦은 시각인 데다 공항에서 시내까지 나오는 길은 가로등 불빛마저 희미해 한치 앞도 보이지 않았다. 길도 복잡했다. 평소에 하듯 혼자 여행을 시작했다면, 공항에서 자전거를 조립해 바로 시내까지 타고 나왔다면, 지옥에서 눈을 떴을지도 모른다. 파트너는 이래서 중요하다.

쿠알라룸푸르 2박 3일

배정받은 방을 찾아 짐을 풀고 나니 잠이 쏟아졌다. 고작 몇 시간의 시차지만, 미리 이겨내야겠다는 생각에 잘란알로르 야시장까지 걸어갔다. 뭐라도 사 마시려 보니 둘 다 말레이시아 화폐로 환전하지 않았으며, 한국에서 체크 카드도 챙겨오지 않았음을 뒤늦게 깨달았다. 파트너에 기대는 일은 이래서 위험하다. 급한 대로 신용 카드 현금 서비스로 돈을 뽑았다. 고춧가루와 소금을 버무린 그린 망고를 한 컵 샀다. 남자친구는 한입 맛보더니 더 이상 먹지 않았다.

최저가로 찾은 숙소는 허름했지만, 조식이 포함되어 있었다. 첫날 아침엔 제대로 녹지 않은 마가린과 시럽 맛이 나는 딸기잼을 바른 토스트 한 장과 볶음밥을 한 접시 먹었다. 미리 찾아둔 자전거 가게로 향했다. 자물쇠와 여분의 타이어, 펑크 스티커를 사며, 태국까지 자전거를 타고 가려 한다는 얘기를 나눴다. 친구 부부를 소개해준다고 하여 그들과 약속도 잡았다. 시내를 돌아다니며 점심과 저녁을 두둑이 먹었다. 자전거를 타기 위한 에너지를 보충하는 과정이었다. 휴대폰 유심 카드까지 사고 나니 할 일이 별로 없었다. 날은 자비 없이 뜨거웠고, 자전거를 타기에 도시의 교통 체계와 상황은 복잡했다. 수도 구경을 하려고 3일이라는 시간을 빼둔 게 아쉬워 인스타그램 스토리에 글을 올렸다. 누구든 여기에 있으면 만나자고.

낯선 사람에게서 답장이 왔다. 자정이 다 된 시간에 일을 마쳤다는 그들이 호텔 앞에 차를 끌고 왔다. 잠이 들려던 참이라 고민하다가 몸을 일으켜 나갔다. 남자친구가 나가겠다고 해 따라나섰다. 그들은 방금까지 일하느라 아직까지 저녁 식사를 못했다고 했다. 배가 불렀지만 친구들이 주문하는 대로 매기 고랭Maggi Goreng과 테 타릭Teh Tarik을 받아들었다. '매기'라는 이름의 라면을 볶은 요리와 달고 진한 밀크티였다. 이 시간에 식당이 만석이라니, 놀라웠다. 더운 나라에 온 걸 실감하는 순간이었다. 동남아에는 뜨거운 낮 시간을 피해 밤이 되면 흥이 오르는 사람들이 있다. 친구들은 다시 호텔 앞에 우리를 내려 주었다. 찰나였지만, 유쾌한 만남이었다. 할까 말까 할 때는 뭐든 하는 게 낫다. 여행 파트너는 할까 말까 고민이 짧은 편인 게 좋다.

쿠알라룸푸르에서 보낼 마지막 밤을 남겨 두고 있었다. 낮에는 이 도시에 있는 공원 다섯 곳을 빠르게 취재했다. 원숭이가 우리나라의 길고양이처럼 흔했다. 저녁에는 어제 소개받은 말레이시아 출신의 자전거 여행자 부부를 만났다. 꿀을 발라 구운 고기 꼬치와 두리안 우유 빙수를 먹었다. 다들 두리안을 좋아하지 않아 혼자 많이 먹을 수 있었다. 그리고 밤 라이딩을 나섰다. 더위가 식은 시내는 한층 차분했다. 부부가 쿠알라룸푸르에서 외곽으로 나가는 길을 길고 자세하게 설명해줬다. 구글맵을 따라갔으면 한참 고생했을 정도로 복잡했다. 사람도 아니고 차도 아닌 존재인 자전거는 번번이 어렵다. 친구들의 도움 덕에 다음 날 무사히 쿠알라룸푸르를 빠져나갔다.

자전거로 하는 해외 여행도, 장기 여행도 처음이라 '빕'이라고 부르는 바지를 사 왔다. 엉덩이 쪽에 두 개의 스펀지가 붙어 있는 자전거용 바지다. 입으니 폭신해서 좋았지만, 여긴 적도다. 어마어마한 양의 땀을 엉덩이 아래에 깔린 스펀지에 모으고 싶진 않았다. 여행 초반에 며칠 입고선 가방 깊숙이 넣어 두었다. '카파르'라는 도시를 향해 페달을 밟았다. 그곳에 우리를 하룻밤 재워주겠다는, 웜샤워 호스트가 있었다.

"따뜻한 샤워를 주세요"

날은 딱 좋았다. 한국의 겨울은 어찌나 길고 지루한지, 나는 빨리 이런 여름을 누리고 싶었다. 겨울에 칼바람을 맞으며 길을 걸으면 이유 없이 서글퍼진다. 따뜻한 집에서 다정한 식사를 나눠 먹는 가족을 보며 마지막 성냥을 긋는 성냥팔이 소녀가 된 양 움츠러든다. 여름은 다르다. 옷차림이 가벼워 어깨를 펼 수 있다. 뭘 조금만 해도 땀이 뻘뻘 흘러 생색내기 좋다. 당당하고 씩씩한 '쾌걸 춘향'이나 드라마 〈커피 프린스〉 속 고은찬이 되는 것 같다.

첫 웜샤워 호스트가 되어준 지유는 중국계다. 쿠알라룸푸르까지 통근하는 직장인이며, 자전거를 좋아한다. 마트에서 좋아 보이는 휴지를 한 봉지 사서 지유가 누나와 부모님과 함께 사는 집을 찾았다. 저녁을 얻어먹고, 야시장 구경을 다녀온 후 에어컨 바람이 나오는 방에서 잠을 잤다. 중국식 아침 식사도 대접받았다. 시키는 대로 튀긴 빵을 콩물에 찍어 먹고 달고 뜨거운 허브 티를 마시고 카야 토스트도 먹었다. 어제 볕에 그을린 피부에 물집이 잡히고 부어오르기 시작했다. 더운 게 나을까, 뜨거운 게 나을까 고민하다가 긴팔 바람막이를 꺼내 입었다. 더운 게 낫지.

세킨찬으로 향하는 길에 본격적으로 정글이 펼쳐졌다. 차 옆을 아슬아슬하게 달려야 하는 고속도로보다 훨씬 나았다. 그리고 이내 같은 풍경. 끝없는 야자수의 손짓에 최면이 걸리는 것 같았다. 길에는 혀가 보라색인 늘씬한 뱀이 기어다니고, 파랑새와 노란 형광펜 색을 띤 새가 날아다녔다. 꼬리가 빨간 다람쥐, 털이 하얗게 센 원숭이, 거대 도마뱀도 보았다. 구렁이가 길을 건너려 하면 길 위의 트럭도 멈춰 기다렸다. 원숭이와 개와 고양이가 아무렇게나 돌아다녔다. 그 무엇도 목줄에 묶여 있지 않았다.

오토바이로 여행할 땐 아무도 손을 흔들어주지 않았는데, 자전거를 타면 길에서 만나는 모두가 인사를 건넨다. 팔이 뜨거워 손목 안쪽을 위로 한 채 팔을 뒤집어 핸들을 잡고 달렸다. 사람들의 환호에 힘을 얻어 계속 갈 수 있었다. 어린 아기를 가운데에 끼운 채 세 명이서 오토바이를 탄 가족이 색을 입혀 알록달록한 뻥튀기를 건넸다. 괜찮다고 말할 겨를도 없었다. 식당에선 한국에서 왔다고 하니 박보검을 좋아한다며 밥값을 반밖에 받지 않았다. 거칠게 경적을 울리던 자동차는 우리 앞에서 차를 세우더니 얼음물을 꺼내 주었다. 아예 우리 손에 돈을 쥐여 주는 사람도 있었다. 자전거를 탈 뿐인데, 이런 과분한 응원을 받다니!

말레이시아는 인도, 중국, 말레이 원주민이 모여 사는 나라다. 세 민족은 억지로 통일하지 않고 각자 자기 언어를 사용한다. 학교도 따로, 동네도 따로다. 어느 모텔에 가도 각자의 언어로 쓰인 세 종류의 신문이 비치되어 있고, 뉴스도 3개 국어로 나온다. 우리는 환경에 맞춰 손으로 밥을 훑어 먹다가, 날카로운 숟가락으로 맵고 신 국물을 떠 먹다가, 긴

젓가락을 사용하기를 번갈아 했다. 처음엔 손에 닿는 밥알의 감촉이 낯설었지만, 나중에는 앞에 앉은 사람 밥도 손으로 능숙하게 주워 먹었다.

많이 먹고 길게 자는 여행

자전거를 타는 동안에 땀도 많이 흘리고 에너지도 많이 써서 식사를 자주 했다. 아침 두 번, 점심 한 번, 저녁 두 번을 먹고 사이사이 액상 과당이 든 음료수를 사 마셨다. 하루 종일 운동을 하고 식사를 일곱 번 나눠 먹는 보디빌더가 된 것 같았다. 틀룩인탄까지 자전거를 탔다. 막판에 폭우를 만나 옷이 홀딱 젖었다. 저렴한 숙소를 예약했더니 창문이 없어 옷을 말릴 곳이 없었다. 로비를 기웃거리다가 다른 자전거 여행자를 발견했다. 아빠와 동갑인 프랑스 남자 둘. 넷이 함께 근처에서 저녁을 먹었다. 우리와 반대로 태국에서 내려오는 길이라고 했다. 우리는 태국으로 올라가고 있었다.

고봉밥을 먹으며 동선과 그에 대한 정보를 공유했다.

남자친구는 어릴 때 미국과 캐나다, 유럽, 일본 등지를 자전거로 여행해본 경험이 있었다. 최대한 멀리 가려고 아침 일찍부터 움직였다고 했다. 매일 멀리까지 이동하는 대신 낮에는 숙소에 도착할 수 있도록 동선을 짰다. 아침에만 자전거를 타고 점심을 먹고 나서는 일을 할 생각이었다. 그 생각으로 일도 최대한 많이 받아 왔다. 안에서 새는 바가지 밖에서도 샌다고, 집에서도 미뤘다가 마감 직전 몰아치듯 하는 나는 밖에서도 마찬가지였다. 시간이 부족한 마감 일정과 폭우가 겹치면 괜찮은 숙소를 잡아 하루 종일 일만 하기도 했다.

의외의 즐거움은 매일 다른 곳에서 자는 데 있었다. 모텔과 게스트하우스마다 제공되는 물품이 달랐다. 비누 향기도 다르고 열쇠 꾸러미도 달랐다. 옷걸이나 건조대가 있기도 하고 없기도 했다. 있으면 신나게 빨래를 해서 널었다.

창이 크고 볕이 잘 들어오면 더 좋았다. 수영장이 있는 숙소를 잡으면 물에 풍덩 들어가 달아오른 몸을 한껏 식혔다. 웜샤워 호스트를 계속 찾아다녔고 캠핑이 허가된 곳이 있으면 가져온 텐트를 펼쳤다.

입장료가 무료인 국립 공원에서는 밤새 우리밖에 없었고 해변의 캠핑장에서는 100여 마리의 원숭이에게 둘러싸였다. 멀리서 보면 원숭이들이 뛰노는 평화로운 바닷가였지만, 실상은 원숭이가 많은 나무를 피해 텐트를 세 번이나 옮겨야 했다. 원숭이는 우리가 널어놓은 빨래를 입에 넣고 질겅질겅 씹다가 모래바닥에 내팽개쳤고, 가방 속에 숨겨둔 라면을 찾아 부셔 먹었다. 막대기를 휘두르며 쫓아도 겁 먹기는커녕 무리 지어 우리를 위협했다. 하필 일을 남겨둔 날이라 원숭이가 드문 벤치에서 빠르게 작업을 마쳤다.

매일 내키는 대로 경로를 선택했다. 밥은 배가 고파지기 전에 두둑하게 먹고 물은 넉넉하게 챙겨 다녔다. 매직 아이처럼 야자수가 없는 길에서도 야자수가 보였다. 산은 솟고 가라앉기를 반복했다. 거대한 말레이시아 시골 풍경 속에서 가장 작고 연약한 존재가 되어 하루 몇 시간씩 페달을 굴렸다. 배를 타고 도시를 건너뛰기도 하고, 뭔지 몰라도 사람들이 줄을 서서 기념사진을 찍으면 기다렸다가 우리도 사진을 찍었다. 말레이시아 북쪽에 다다르기까지 매일 자전거를 탔다. 뜨겁고 숨이 막혀도 다음 날이 되면 다시 자전거를 탈 힘이 채워져 있었다. 땀을 쏟고 찬물로 샤워하기를 반복하며 해방감을 느꼈다.

태국을 향해 계속 나아가는 자전거

자전거를 타고 태국과 국경을 접한 말레이시아 북부까지 올라왔다. 약 일주일이 소요되었다. 그사이 루틴도 생겼다. 매일 아침 물에 비타민을 타 마신다. 몸이 아프면 곤란하니까. 빨래를 걷고 텐트를 접어 떠난다. 더워서 숨이 턱턱 막히기 전에 최대한 멀리까지 가야 한다. 주유할 일이 없어도 주유소가 보이면 들른다. 주유소에 딸린 화장실에 갔다가 매점에서 두유와 빵을 산다. 점심은 적당히 대충 해결한다. 메뉴는 국수 또는 밥. 포만감을 위해 주로 밥을 선택한다. 코코넛 기름으로 지은 밥 위에 멸치, 오이, 땅콩, 달걀, 삼발 소스를 얹어 주는 나시 르막Nasi Lemak은 이번 여행에서 내게 연료나 다름없었다. 달걀 프라이와 밥이면 뭐든 할 수 있었다.

야영지에 도착하면 서둘러 텐트를 치고 소금 결정이 박힌 티셔츠와 바지, 속옷과 양말을 빨아 넌다. 서래마을에서 온 백패커가 빌려준 빨랫줄이 매일 유용하게 쓰였다. 빨래와 샤워는 동시에 한다. 가벼운 걸 기준으로 선택한 수건은 흡수력이 영 떨어졌다. 머리까지 말리는 건 무리였다. 몸의 물기만 닦고 옷을 입는다. 머리카락에서 물이 똑똑 떨어지는 채로 저녁을 준비한다. 라면, 밥, 만두, 어묵, 감자칩, 우유 같은 걸 되는 대로 먹어 치운다. 밥을 먹고 야식으로 빵을 먹는다. 외국의 마트에서 낯선 포장의 빵을 사 먹는 일은 즐겁다. 베이커리 빵보다 편의점 빵이 좋다. 생각하는 맛 그대로라 안심 된다. 말레이시아에서는 '마이티 화이트Mighty White' 브랜드의 빵을 종류별로 사 먹었다. 정제 탄수화물의 힘은 강하다. 자전거를 많이 타면 밑 빠진 독 신세가 된다. 아무리 먹어도 계속 들어간다.

해가 지면 모기를 피해 텐트로 들어온다. 목을 'ㄱ'자로 숙여 구부정한 자세로 앉아 일을 한다. 텐트도 수건처럼 경량에 집중한 제품이라 높이가 낮고 좁다. 휴대폰으로 영화를 보거나 가져온 책을 읽는다. 오래 읽으려고 영어 책을 가져왔더니 열흘간 다섯 페이지를 겨우 읽었다. 내일 행선지를 정하고 누워서 떠들다가 9시쯤 잠에 든다. 다음 날이면 같은 일상이 반복된다.

야영지에 정오쯤 도착한 날이 있었다. 근처에서 점심을 사 먹고 텐트를 치고 빨래와 샤워까지 마쳤는데 여전히 땡볕이었다. 나무 그늘과 정자를 활용해도 더위를 피할 수 없었다. 아이스크림을 사 먹고 과일 주스도 사 마셨다. 말레이시아의 아이스크림은 저렴할수록 맛있다. 그중에서도 1링깃(한화 287원)짜리 아이스크림이 최고다. 우유나 크림이 들어가지 않고 물에 향료와 과당만 탄 거라 텁텁하지 않고 셔벗처럼 시원하다.

더위를 못 참고 샤워를 두 번이나 했다. 샤워실이 따로 없어서 물이 나오는 근처 호스를 대충 이용했다. 노트북을 열었다가 너무 더워 닫았다. 책을 펼쳤다가 글자가 눈에 들어오지 않아 덮었다. 휴대폰도 쳐다보고 싶지 않았다. 엎드려 낮잠을 청했으나 잠을 잘 수 없었다. 해가 지기까지 몇 시간을 덩그러니 더위를 느꼈다. 덥다는 걸 느끼는 것 말고는 아무것도 할 수가 없는 더위였다. 이번 여행에서 꼭 하고 싶던 일이었다. 여기서 자고 선글라스를 잃어버렸다.

초반에 선크림 없이 피부를 바짝 태웠더니 껍질이 홀랑 벗겨졌다. 새로 돋은 피부가 전에 있던 피부보다 더 강해졌을 거라 생각했는데 아직이었다. 여린 살이 볕에 그을리니까 더 아팠다. 이 기회에 나약한 나를 단련하고 싶었지만 더 이상 여행에 변수를 둘 수는 없었다. 약국에 들러 팔을 보여주고 칼라민 로션을 받았다. 물처럼 묽은 핑크색 로션이 공기와 닿으면 흰색으로 바뀌며 말라붙었다. 어릴 때 얼룩덜룩 바르고 다니던 모기약과 비슷한 제품인 모양이었다. 벗겨진 피부와 흰 로션 자국이 제법 용맹해 보였다.

매일 다른 집

배를 타고 페낭 섬에 들어왔다. 파파야를 무한정 먹을 수 있다는 리뷰를 보고 토니의 게스트하우스를 3일간 예약했다. 가격이 저렴했지만 외진 곳에 있었다. 그러나 우리는 어디든 갈 수 있는 자전거 여행자라 괘념치 않았다. 바닥에서 풍기는 세제 냄새가 과달라하라에서 일하던 게스트하우스와 같았다. 그때 생각이 나서 좋았다. 방이 덥고 답답하니 사람들이 모두 거실에 나와 있었다. 거실에서 요가도 하고 담배도 피우고 책도 읽고 그림도 그린다. 역시 따뜻한 나라의 게스트하우스는 이래서 좋다. 여기도 공용 공간에는 천장이 없었다. 아무튼 여기서 며칠 쉬며 일을 끝마칠 계획이었다. 추위에 곱은 손에 입김을 불어가며 담요를 뒤집어쓰고 일하는 것보다 흐르는 땀을 닦으며 일하는 게 그림도 더 좋지 않은가.

토니의 게스트하우스는 파파야만 무료인 게 아니었다.

무려 정수기가 있었다. 믹스커피를 마실 수 있었고 와이파이 신호가 강력했으며 세탁기까지 무료였다. 여행을 시작하고 처음으로 세탁기를 사용했다. 가진 옷을 다 빨았다. 그리고 널어둔 기능성 티셔츠 한 장을 잃어버렸다.

태국 국경을 넘기 직전 오랜만에 웜샤워 호스트를 연속해서 두 집이나 만났다. 자전거 여행자였던 말레이시아인 부부가 우리를 초대해줬다. 부끄럼을 많이 타는 세 살짜리 아기가 있었다. 혼자 여행 중인 이탈리아 여자도 함께 지냈다. 부부는 집에서 수학과 영어를 가르치는 일을 했다. 그들이 수업을 하는 동안에 부엌 바닥에서 이탈리아 여자와 셋이 호스트가 차려준 밥을 먹었다.

다음 호스트는 이틀 전에 아내가 둘째 아기를 낳았다고 했다. 병원에서 아내와 아기를 데려오느라 정신이 없었다. 그 와중에 집의 별채에 우리를 초대했고 뱀이 자주 들어오니 현관문은 닫고 지내라고 설명해줬다. 늦은 밤엔 어머니가 만들었다며 어묵 튀김을 잔뜩 가지고 왔다. 자기가 부업으로 만든다는 아이스크림도 가져다줬다. 그가 했던 지난 자전거 여행과 이 집에 들렀던 자전거 여행자들 얘기를 들었다. 우리 삶을 궁금해했지만 같이 온 큰 딸이 잠투정을 하며 칭얼거리기 시작했다. 그와 딸은 집으로 돌아갔고 우리는 다음 날 아침 일찍 떠났다.

자전거를 타고 태국으로 넘어왔다. 국경을 넘자마자 세븐일레븐 편의점에 들렀다. 라인업이 어마어마했다. 1L짜리 요구르트와 판단 잼이 발라진 빵을 샀다. 에어컨 바람이 나오는 카페에서 아이스커피도 사 마셨다. 식당에 들어가니 알 수 없는 꼬부랑 글씨가 메뉴판 가득 쓰여 있었다. 말레이시아에서는 어설프게 읽을 수라도 있었는데 여기선 진짜 가늠도 할 수 없었다. 랜덤 게임을 하듯 매번 대충 손가락으로 가리켜 주문하고 나오는 대로 먹었다. 태국은 밥이 더 맛있고 물가는 오히려 저렴했다. 새로운 나라에선 대개

첫날이 가장 좋다.

동선 내에 더 이상의 웜샤워 호스트가 없었다. 대신 샤워 시설을 갖춘 쾌적한 캠핑장과 선택지가 다양한 숙소가 즐비했다. 도로는 잘 닦여 있었고, 잘 아는 미국식 프랜차이즈 식당이 자주 보였다. 도시마다 거대한 야시장이 열렸다. 비는 거의 오지 않았다. 파란 하늘 위 조각 구름, 거대 야자수 아래 평평한 아스팔트 길을 끊임없이 달렸다. 아침엔 학생들 사이에 서서 꿀을 발라 구운 고기 꼬치인 무삥Moo Ping에 주먹밥을 사 먹었다. 점심엔 아무데서나 국수나 볶음밥을 먹었다. 동남아시아에서는 뭘 시켜도 톱니바퀴 모양으로 슬라이스한 오이가 얹혀 나온다. 라임과 고추를 띄운 간장도 기본 세팅이다. 말레이시아에서 주유소에 들르던 것처럼 세븐일레븐을 드나들었다. 태국 편의점에는 얼음 컵을 판다. 큰 사이즈의 컵을 사서 탄산음료를 담아 마시면 극락이다.

잘 닦인 도로는 편안했지만 금방 지루해졌다. 인간이란 존재는 이렇게나 약아빠졌다. 길에서 자전거 여행자를 만나면 일단 멈춰 섰다. 누구라도 만나서 떠들어야 했다. 어젠 어디서 잤는지, 하루에 몇 킬로미터씩 이동하는지, 점심엔 뭘 먹었는지라도 묻고 답했다. 말레이시아보다는 현저히 적었지만 여전히 도로에서 경적을 울리며 여행을 응원해주는 사람들이 있었다. 엄지를 치켜올리고 지나가는 오토바이도 있었다. 집 마당에 앉아 지루함을 견디던 아이가 밝게 웃으며 손이라도 흔들어주면 가슴이 환하게 밝아졌다. 페달만 굴려도 칭찬받는 존재는 자주 기뻤다.

비 예보가 있는 날엔 기차를 타고 동선을 통째로 뛰어넘기도 했다. 기차 칸에는 먼지 낀 선풍기가 털털거리며 돌아갔다. 모든 자리에 창문이 열려 있었다. 사람들은 끊임없이 뭔가를 먹고 창밖으로 쓰레기를 던졌다. 길고 주렁주렁한 콩깍지를 까서 입에 넣고 음료수를 마시고 과자를 먹고 다시 우유를 마셨다. 태국에는 기찻길 주변의 쓰레기를 줍는 사람이 따로 있다고 했다. 한참을 먹고 마시던 옆자리 아이가 곰 인형을 베고 잠들었다. 이내 달게 코를 골았다.

잘 태운 40일

별일 없는 날들이 흘렀다. 일찍 일어나 자전거를 타고 일을 조금 하다가 밤에는 머리를 대자마자 잠들었다. 많이 먹고 많이 마셨다. "태국 펫차부리에 있는 '넛차 카페'라는 가게 계정이 날 팔로했어. 자전거 타고 캠핑하는 친구네." 작년에 남자친구와 이런 대화를 나눈 적이 있다. 하루는 동선을 살짝 틀어 그 카페를 향해 자전거 페달을 굴렸다. "인스타그램 친구가 갑자기 가게 앞에 나타나면 정말 재밌겠지?" "너무 놀라는 거 아니야?" 방정을 떨며 오픈 시간에 맞춰 카페 앞에 서 있었다. 개점 준비를 하던 주인 부부는 블라인드 사이로 빼꼼 우리를 확인했다. 이내 다정하고 침착하게 우리를 맞아줬다. 고기 없은 찹쌀밥도 사주고 동네 명소도 소개해줬다. 겸사겸사 펫차부리에서 두 밤이나 잤다. 줄 게 없어서 종이컵에 서명을 하고 왔다. '행복하세요, 한국의 조서형과 김현욱.'

인터넷의 은혜가 끊겨 길을 잃은 날도 있었다. 야영지까지 2.3km 남은 지점이었다. 점심 때가 지나 배가 고프고 목이 말랐지만, 도착해서 마음 편히 먹을 생각으로 참았다. 지도를 따라가니 임도가 나왔다. 의심 없이 지름길이라 생각했다. 길은 점점 좁아졌고 덤불이 옷을 뜯고 뺨을 할퀴었다. 자전거 바퀴 두 개에 모두 가시가 박혔다. 왔던 길을 다시 돌아나오는 데 한 시간 반이 소요되었다.

도로가 나오자마자 지나가는 차를 붙들고 마실 물이 있으면 나눠 달라고 부탁했다. 차에서 내린 아저씨는 우리 몰골을 보고 혀를 끌끌 찼다. 2년 전에 사라진 길을 사람들이 자꾸 찾아간다며 킥킥 웃었다. 아저씨가 웃으니까 별일 아닌 것 같아 마음이 놓였다. 아저씨는 우리에게 물도 주고 소독약도 줬다. 근처 근무지로 우리를 데리고 가 자전거 펑크를 때우는 걸 도와줬다. 커피도 끓여주고 화장실도 빌려줬다. 고향에서 가져왔다며 길쭉하게 생긴 살구맛 과일 사포딜라도 줬다. 허겁지겁 집어 먹었다. 아저씨가 바구니에 든 과일을 통째로 가방에 담아줬다. 바닷가를 따라 새로 뚫린 길도 알려줬다. 남자친구는 자기가 만든 모자를 그에게 선물했다. 밥을 달게 먹고 일찍 잠에 들었다.

방콕에 도착해 고민했다. 북쪽으로 치앙마이까지 올라갈 것인가, 방콕에서 일주일을 지낼 것인가. 패기를 잃은 30대 여행자 둘은 쉬운 길을 선택했다. 예전에 들른 기억이 있는 관광지에 가고 야시장을 찾고 지하철을 탔다. 쇼핑몰에서 땀을 식히고 블로그에서 찾은 맛집에 들러 밥을 사 먹었다. 인스타그램으로 찾은 방콕 친구들도 만났다. 호텔에서 조식을 먹고 낮잠을 자며 그럭저럭 여행을 마무리했다. 남은 돈은 공항에서 비싼 빙수를 사먹는 데 썼다.

애초에 파트너와 싸우지 않고 다치지 않으면 그걸로 성공인 여행이라 생각했으니 성공이었다. 뜨거운 나라에서 자전거를 원 없이 타며 땀이나 흠뻑 쏟고 싶다는 바람도 이뤘다. 딱 하루치 계획만 세워 움직였고 40일간 하루도 빠짐없이 자전거를 탔다. 돌아왔을 땐 축구팀에서 가장 까만 멤버 자리를 탈환할 수 있었다. 제대로 된 여름이었다.

사라진 인도 여행

노끈으로 묶인 책더미가 분리수거장에 나와 있었다. 뭐든 냅다 닥치는 대로 읽던 초등학교 5학년의 나는 남이 버린 책을 종종 들여다보곤 했다. "에이, 만화책이네." 고전 문학과 여행 에세이,《해리포터》원서 같은 걸 한참 읽던 터라 그림이 있는 책은 시시하다고 여겼다. 건방진 초등학생이 뭘 알겠는가. 그래도 상태가 괜찮은 책이 1권부터 순서대로 놓여 있으니 통째로 들고 왔다. 그렇게 천계영 작가의 세계가 나를 향해 열렸다.

만화《DVD》에는 환상을 보는 여자, 분홍신, 인도의 문화, 한국의 재수생 같은 요소가 아무렇지 않게 마구 섞여 있었다. 그 이야기가 얼마나 아름답고 대단하게 느껴졌는지 한동안 궁극의 사랑이란 서로의 눈알을 만지는 것이라 믿었다. 그런 내용이 만화책에 나온다. 책 속 주인공의 이름을 따 인스타그램 아이디도 지었다. 만화의 주인공은 심 땀과 비누, 디디였다. 이 만화에서 환상은 중요한 요소다. 환상

속 부엉이는 말한다. "너 정말 멍청하구나. 진짜… 모르는 거야? 네가 환상이 아니길 바라는 것일수록… 진짜 환상이라는 걸?" 하루는 셋이 정육점을 찾는다. 비누는 소고기를 보며 말한다. "불쌍하다. 인도에서 태어났으면 소도 일종의 신인데…." 디디도 맞장구친다. "소들은 다 인도에 가고 싶겠다. 그치?" 땀이는 환상 속에서 인도가 종점인 지하철에서 그곳으로 향하는 소를 본다.

만화의 마지막 장면에서 그려진 인도는 뇌리에 오래 남았다. 땀이랑 디디와 함께 인도에 가고 싶었다. 자습실에 갇혀 있던 고등학생은 인도 여행을 구체적으로 꿈꿨다. 뚫어져라 나를 쳐다보는 사람들이 있는 곳, 소가 길에 누워 있는 곳, 해야 하는 일보다 하고 싶은 일을 먼저 할 수 있는 곳, 건방을 떠는 여행자들이 배탈이 나는 곳, 두 손을 가슴 앞에 모아 고개 숙여 인사하는 곳으로의 여행을.

인도에 갈 생각은 대학생 내내, 방학마다 했다. 비행기표를 찾아보고 예약했다 취소하길 반복했다. 그때마다 인도에 갈 수 없는 이유가 생겼다. 같이 가기로 한 친구랑 싸워서, 학기 중에 쓸 용돈을 벌어야 해서, 취업에 도움이 되는 교육을 들어야 해서. 교환 학생, 해외 인턴 같은 것들도 발목을 잡았다. 인도의 인구는 14억 4,171만 명으로 세계 1위다. 국민의 40%가 사용하는 힌디어 외에도 14개의 공용어가 있다. 국내총생산(GDP)은 3조 3,850억 달러로 세계 5위. 국민 대부분이 힌두교를 믿지만, 이와 별개로 3억 명의 신을 모신다. 이 압도적인 숫자들로 인도는 이미 충분히 다채롭고 혼란스러우며 매력적이다. 가는 곳마다 아름다운 유적과 현지인들의 독특한 생활 문화를 볼 수 있는 매혹의 땅이기도 하다. '인도는 배낭여행자의 종착지'라는 말이 괜히 나온 게 아니다.

결혼식을 두 달 앞두고 친구들이 라다크 여행을 가자고 했다. 라다크는 인도 최북단에 남아 있는 티베트 문화권이다. 이 김에 인도 여행을 결심했다. 라다크 일정 보름 전, 먼저 인도 델리로 출국했다. 비행기에는 인도 사람들이 많았다. 인도 사격 청소년 대표팀 사이에 설레는 마음으로 앉아 기내식으로 치킨 커리를 먹었다. 요거트와 채소 샐러드에서도 인도의 맛이 배어 있었다. 처음 먹어보는 음식과 특이한 향신료 같은 건 내 전문이다. 나는 먹어본 음식보다 안 먹어본 음식을, 우리 집밥보다 남의 집밥을 좋아한다.

인도에 가려면 비자가 필요하다. 사전 비자를 신청할 때 직업란의 항목 중 저널리스트를 골랐더니 거절 통지를 받았다. 뒤늦게 인터넷을 찾아보니 회사원 또는 학생을 선택해야 한다고 했다. 프리랜서라 소속이 없어서 적은 건데…. 다시 돈을 내고 회사원을 골라 신청했지만 여전히 거절이었다. 몇만 원을 날렸다. 세 번을 도전할 수는 없어서 그냥 나왔다. 도착 비자마저 거절당하면 나와 인도의 인연은 거기까지인 거다.

파하르간지에서 사기꾼을 찾아

공항에 도착한 시간은 저녁 8시. 내 앞엔 일곱 명의 사람이 서 있었고 담당자는 자리에 없었다. 자정까지 기다릴 각오였는데 밤 10시에 비자 도장을 받았다. 지하철을 타고 여행자 거리로 나섰다. 블로그와 유튜브에서 여러 번 봐둔 덕에 덜 헤매고 찾을 수 있었다. 뜨거운 공기가 훅 끼쳤다. 차와 인력거, 오토바이와 오토릭샤 사이로 사람들이 돌아다녔다. 액션캠을 꺼내 들었다. 이쯤에서 다리를 건너는 길에 가방 검사를 해야 된다고 하며 소지품을 뺏는다던데…. 새로운 에피소드 앞에서 설렜다. 하지만 아쉽게도 아무도 나를 잡지 않았다. 그대로 시내까지 나왔다.

여행자 거리인 파하르간지는 지저분했다. 바닥에는 사람들이 음식만 먹고 버린 일회용 접시와 포크, 과일 껍질 같은 게 널부러져 있고, 사람들은 맨발로 걸어다녔다. 골목마다 화장실이 있는데, 문이 없어 소변을 보는 남자의 엉덩이가 훤히 보였다. 간판은 제멋대로고 빵빵대는 경적 소리가 사방팔방에서 들렸다. 소리로 맞추는 두더지 잡기 게임이나 동체를 활용한 고난이도 청력 검사에 어울리는 환경이었다. 혼이 쏙 빠질 것 같은 기분을 있는 그대로 즐겼다. 온몸의 감각이 곤두서고 활짝 열렸다.

늦은 시간과 귀찮은 마음은 모두가 하는 코스로 이끌었다. 한국어 설명이 친절하게 쓰여진 나빈의 가게에 들러 환전을 하고 유심을 샀다. 공항에서 본 한국인 여행자들이 다 그곳에 있었다. 밤이 늦어 나빈이 추천해주는 숙소에서 묵기로 했다. 짐을 내려놓고 숙소에서 나왔다. 자정이 넘었는데 길거리 음식을 팔고 있었다. 닭고기와 닭 껍질로 만든 인도 북부식 만두 모모Momo와 망고 주스를 샀다. 방금 돈을 받은, 손톱이 까만 손으로 과일을 손질하고 얼음을 집어넣었다. 앞사람의 주스가 남은 믹서기를 씻지 않고 내 걸 만들었다. 책과 영상에서 보던 그대로구나. 주스 만드는 걸 쳐다

보고 있으니 그도 나를 쳐다봤다. 무슨 생각을 하는지 알 수 없는 눈이었다. 가게 앞에 선 채로 음식을 먹었다. 배탈은 언제 날까?

보름 동안 뭘 할지 이제부터 알아봐야 했다. 파하르간지 사진을 인스타그램 스토리에 올리니 답장이 몇 개 왔다. 인도 여행을 다녀온 사람들이 많았다. 주의할 점, 취할 것과 피할 것 등의 정보가 왔다. 그중에 자이푸르, 조드푸르, 우다이푸르로 구성된 '3푸르'를 추천하는 사람이 있었다. 각각 핑크·화이트·블루 시티라 불린다. 구성이 마음에 들었다. 기사로 쓰기에도 각이 딱 나온다. 그와는 축구를 한 번 한 게 전부였는데 귀한 걸 내줬다.

다음 날에는 기차를 기다리며 근처에 있는 황금 사원에 들렀다. 방송에서 '기안84'가 설거지하던 암리차르 사원과 같은 시크교의 예배 공간이라고 했다. 천으로 머리를 가리고 신발과 양말을 벗었다. 헌금을 내고 밥을 얻었다. 나뭇잎

위에 달착지근한 곡물 죽 같은 걸 퍼 줬다. 바닥에 앉아 손가락을 쭉쭉 빨아가며 먹었다. 남들 따라 절도 하고 성스러운 샘에 몸도 담갔다. '제가 면접을 보는 곳이 있는데 거기서 꼭 일하게 해주세요.' 이런 걸 빌어도 되려나.

여행자 거리로 돌아오는 길에는 누가 길 건너는 걸 도와줬다. 딱 봐도 호객꾼이었다. 자기는 미국에서 의사 공부를 하고 있는데 방학을 맞아 인도에 들어왔다고 했다. 사용하는 영어나 옷차림을 미루어봤을 때 거짓말임이 틀림없었다. 그래도 그냥 따라갔다. 나는 특별히 할 일이 없고 그가 무슨 얘기를 하는지 듣고 싶었다. 인도에서 사기 한 번 안 당하면 제대로 된 여행이 아니니까. 암, 그건 똑똑한 척하는 바보지. 그는 나를 여행자 센터로 끌고 들어갔고 이미 그곳에 대한 정보를 익히 들은 나는 뒤돌아 나왔다. 블로그와 유튜브를 너무 많이 본 탓에 도리어 여행에 흠뻑 젖기가 어려웠다.

대충 다른 사기꾼을 따라가 인도 전통 옷, 사리Saree를 한 벌 사 입었다. 별다른 할 일이 없어 기차역에 미리 가 있었다. 출구를 찾기 어려웠다. 이미 인도 여행을 두 번 한 당시 예비 남편은 기차역의 플랫폼이 계속 바뀌니 현지인의 도움을 받으라고 조언한 바 있었다. 플랫폼을 찾다 보니 내가 틀린 기차역에 와 있다는 사실을 알았다. 내 당황한 표정을 보고 택시와 릭샤 기사들이 몰려들었다. 맨 앞에 보이는 사람의 릭샤에 올라탔다. 운전을 하는 동안 아저씨는 영상 통화를 걸어 나를 비췄다. 그의 아내와 어머니, 친구와 친구 아들까지 화면에 나왔다 사라졌다. 한 손으로 거칠게 운전을 하며 반대 손으로는 휴대폰을 내게 들이밀었다. 흥겹게 통화를 주도하던 아저씨는 말도 안 되는 가격을 불렀다. 인적이 드문 곳에서 아저씨가 화를 내며 나를 못 내리게 한 탓에 열 배에 가까운 돈을 냈다.

핑크시티, 화이트시티, 블루시티를 찾아서

자이푸르행 기차를 무사히 탔다. 이번 인도 여행의 목표는 물건 잃어버리지 않고 몸 다치지 않기다. 돈을 잃는 건 조금 잃는 거다. 건강과 안전이 최고다. 아, 그래도 어떻게 번 돈인데 바보같이, 젠장!

자이푸르는 붉은 사암으로 지어진 건축물이 많아 핑크시티라 불린다. 델리에서 기차로 5시간 걸린다. 이 도시에는 관광객들이 꼭 찾는 성벽과 궁궐이 있다. 교통수단은 더 타기 싫고 걷기에는 너무 뜨거웠다. 숙소 주인이 추천한 라지 만디르 영화관에 앉아 영화나 봤다. 1976년에 문을 연 영화관에서 발리우드 최신작인 로맨틱 코미디 영화 〈로키와 라니〉를 봤다. 전통 있는 영화관의 우아함 덕에 궁궐에 초대된 귀족과 같은 기분을 느꼈다. 4개 등급으로 나눠진 좌석 중 중간쯤인 에메랄드 좌석을 2700원에 끊었다.

영화의 막이 오르자 사람들의 환호성이 터졌다. 인도 관객들은 자유분방했다. 주인공이 나쁜 행태를 보이면 야유를 퍼붓고 갈등이 해결되면 휘파람을 불었다. 인도 영화 특유의 노래와 춤이 시작되면 깔깔거리며 노래를 따라 불렀다. 옆 사람과의 대화는 예삿일이었다. 조용히 극에 몰입하는 한국의 모습과는 사뭇 다른, 낯선 풍경이었다. 현지인들의 자유로우면서도 나름의 질서를 띤 이 묘한 분위기에, 나도 시나브로 스며들었다. 같이 큰소리로 웃고 리듬에 맞춰 몸을 달싹이며 영화를 감상했다. 핑크시티는 이렇게 일상의 관성을 단번에 깨버렸다.

영화를 보고 나와 1944년 영업을 시작했다는 라씨왈라Lassiwala에 들러 라씨를 사 마셨다. 맛있었다. 근처 비슷한 가게들을 들러 네 잔을 연달아 사 마셨다. 싸들고 온 일거리가 있어 적당히 쾌적한 숙소에 묵으며 너무 더운 한낮엔 일을 했다. 연차와 월급이 규칙적인 직장인이 아닌 띄엄띄엄 작업료를 받는 프리랜서로서 모든 일에서 벗어나 놀기만

할 수는 없었다.

7월의 마지막 날, 자이푸르에서 우다이푸르로 이동했다. 기차로 7시간 35분이 걸렸다. 라자스탄주 남부에 있는 우다이푸르는 인도에서 가장 인기 있는 신혼여행지다. 건축물이 대부분 화강암과 대리석으로 지어져 도시 전체가 흰색을 띠고 있어 '화이트시티'라 불린다. 2018년 아시아 최고 부호인 무케시 암바니의 딸이 1128억 원이 넘는 초호화 결혼식을 올린 장소로도 유명하다.

시티팰리스는 라자스탄주 전체에서 가장 큰 궁전으로 화이트시티의 대표적인 관광 명소다. 1553년에 우다이푸르를 건설한 우다이 싱 2세가 처음 짓기 시작했고, 후대의 왕들이 건물을 증축했다. 이렇게 해서 시티팰리스가 완성되기까지 무려 400년이 걸렸다. 지금도 궁궐에는 왕실 가족이 살고 있다. 입장료 300루피(약 4720원)를 내고 시티팰리스를 구경했다. 호수와 시내가 한눈에 내려다보이는 전망과 세

밀화, 가구 등이 모두 근사했다. 하지만 역시나 세 시간이 넘는 관람 시간에 진이 빠지고도 남았다.

생일을 맞아 '블루시티' 조드푸르로 이동했다. 예전엔 카스트 제도의 최상위 계급인 브라만이 사는 집만 파랗게 칠할 수 있었다고 한다. 오늘날 카스트 제도에 따른 차별이 문화·사회적으로는 여전히 남아 있지만 적어도 법으로는 금지되면서 모두가 집을 파랗게 칠했다. 그 결과, 조드푸르가 '블루시티'로 변했다. 고온 다습한 날씨 때문에 벌레 퇴치제를 푸른색 페인트에 섞어 칠해 블루시티가 됐다는 설도 있다. 어느 쪽이든 파란색은 조드푸르의 매력 포인트가 됐다. 블루시티는 할리우드 영화 〈다크 나이트〉, 〈더 폴: 오디어스와 환상의 문〉을 비롯해 배우 공유와 임수정이 나온 한국 영화 〈김종욱 찾기〉의 배경으로도 등장한다. 이동하는 구간에 기차가 없어 버스를 탔다. 경적 소리와 거친 운전 탓에 멀미를 지독히 했다.

조드푸르의 시내에 있는 게스트하우스에 체크인을 했다. 주인은 여권의 내 생일을 알아봤다. 패밀리 스위트 룸으로 하룻밤 업그레이드를 해줬다. 찬장을 뒤지더니 케이크 대신 인도 디저트 굴랍자문Gulab Jamun을 꺼내줬다. 굴랍자문은 우유와 꿀로 만든 약과보다 몇 배 단 음식이다. 멀미 직후 이걸 먹은 탓인지 드디어 배탈이 났다. 밤새 배가 아픈 와중에 웃음이 나왔다. 그로부터 일주일간은 조드푸르에 머물면서 길거리 음식을 마음껏 사 먹었다. 이미 배탈이 났으니 더 나빠질 것도 없었다. 아픈 김에 숙소에서 일도 하고, 액션캠으로 찍어놓은 영상으로 유튜브 영상도 다섯 개나 올렸다. 악플이 몇 개 달렸다.

여전한 환상 속의 인디아

친구들이 네 명이나 델리로 왔다. 조드푸르에서 델리로 이동한 후 라다크까지 비행기를 탔다. 친구들은 정보가 많앉고 잘 앞장섰다. 나는 한발 물러서 있었다. 그저 배앓이를 하며 라다크 여행을 즐겼다. 편안하고 즐거웠다. 여행사에 차량과 투어 가이드를 신청했다. 아무것도 신경 쓸 일이 없었다. 신문사에서 3푸르와 인도 여행 원고를 급하게 요청해 왔다. 숙소 로비의 간당간당한 와이파이 신호에 기대어 일을 했다. 잠을 이기지 못해 일을 새벽으로 미루는 바람에 마감 시간까지 원고를 마무리하지 못했다. 그날 라다크의 수도, 레에는 달라이 라마가 온다고 했다. 그를 놓칠 수는 없었다. 비탈길을 걸어 올라가 행사장에 앉았다. 달라이 라마의 연설을 기다리며 원고를 마무리했다.

한 달을 조금 못 채우고 여행을 마쳤다. 라다크에서는 긴장을 너무 푼 탓에 뭘 많이 잃어버렸다. 물수제비를 뜨다가 그 자리에 휴대폰을 두고 왔다. 하루가 지나고서야 분실한 걸 알고 뒤늦게 찾아갔는데 다행히 돌 위에 휴대폰이 그대로 있었다. 그다음엔 에어팟을 잃어버렸다. 나중에 가이드

팔조르에게 찾으러 가 달라고 부탁했다. 그리고 그걸 그에게 선물했다.

마지막으로는 빽빽하게 채운 일기장과 고프로 메모리가 사라졌다. 일기장은 언제 없어진지도 모르겠다. 고프로 메모리는 아마 공항 수색대에서 분실한 걸로 추정한다. 512GB의 고용량 메모리가 사라졌다. 번지점프 하면서 남편될 사람에게 남긴 영상 편지도, 친구들한테 "다시 말해줘", "나갔다가 다시 들어와줘" 해가면서 만든 에피소드도, 물수제비 영상과 판공초 호수에서 수영한 영상도 백업 없이 깔끔하게 사라졌다. 진짜이길 바라는 것일수록 진짜 환상이다. 인도는 내게 여전히 환상이다.

여름 하늘 아래
숨이 차도록 축구

디멘터는 《해리포터》 시리즈에 등장하는 가장 끔찍한 존재다. 그들은 감옥을 지키는 간수로 죄수의 행복한 기억을 빨아 먹는다. 그게 다다. 드라마 〈지옥〉 속 사신처럼 주먹으로 머리를 내리치는 것도 아니고, 《삼국지》의 장비처럼 철퇴를 끌고 다니지도 않는다. 그런데도 마법사들은 디멘터라는 존재에 덜덜 떤다. 행복한 기억 같은 건 그냥 내주고 다시 만들면 되는 거 아닌가?

젖은 앞머리에서 땀이 떨어지고 있었다. 경기가 끝나자마자 인사도 나누는 둥 마는 둥 빠르게 짐을 챙겨 나와 지하철역까지 뛰었다. 어이없게 남의 팀 선수에게 패스한 일, 힘껏 찼는데 힘없이 데구루루 굴러간 공, 상대의 슈팅 동작에 속아 바닥에 넘어진 순간, 번번이 실망하기에도 너무 지친 팀원들의 표정…. 수치스러운 장면들이 떠오르며, 앞으로도 계속 축구 못하는 사람으로 남을 것 같다는 불안감이 엄습했다. 처음 팀 스포츠를 배우고 잔디밭을 뛰어다니느라 즐거웠던 기억 같은 건 온데간데 없었다. 집으로 가는 길엔 절망뿐이었다. 디멘터라도 만난 기분이었다.

시작은 동네의 무료 풋살 강습이었다. 공도 어색한데 발로 공을 다루는 건 더 낯선, 갓 태어난 사슴 같은 어른들이 어린이 실내 구장에 모였다. 아주 간단한 레크리에이션 수준의 수업이었다. 금세 흥미가 생겼다. 세 달을 추가로 등록했다. 그다음에 세 달을 더 등록했다. 실내 구장이 답답하게 느껴지기 시작했다. 유튜브에서 찾아보는 튜토리얼은 모두 야외 축구장에 더 잘 어울리는 동작이었다.

여섯 번의 연습 경기와 한 번의 면접을 통해 한 축구팀에 가입했다. 땅콩처럼 귀엽고 단단한 친구들이 뛰고 있었다. 봄에 지원해 초여름에 정식 멤버가 되었다. 축구는 처음이라 설렜다. 서울의 축구장은 대체로 산 위와 공원 안에 숨어 있다. 여름에 축구를 하면 경기장엔 초록이 가득하다. 작은 벌레들이 날아다니고 냄새가 다채롭다. 토요일 오전에 모여 축구를 하면 주중에 시들어 있던 감각이 싱싱하게 되살아난다.

열댓 명의 친구들이 여름 햇볕 아래서 숨이 차도록 달렸다. 자외선 차단은커녕 주말 아침에 눈 뜨자마자 달려와 세수도 못한 때가 많았다. 누군가 가방에서 선크림을 꺼내면 "나도" "나도" 태양이 묻은 손들이 달려들었다. 나는 못하는 선수여도 잘하는 이들과 한 팀으로 묶여 있어 기뻤다.

보릿자루의 축구

축구 실력은 쉽게 늘지 않았다. 띠동갑만큼 나이가 어리고 잘 훈련된 팀원들 사이에서 엉거주춤할 때가 많았다. 어디 서 있어야 하는지 몰라 허둥댔고, 냅다 달리다가 팀원들 동선을 방해하기도 했다. "어, 어어…" 하고 서 있으면 용맹하게 공을 드리블하던 누군가가 "비켜" "나와"라는 간결한 외침으로 나를 단숨에 치웠다. 멍청이가 된 기분이었다. 소통이 중요하다던데 갈수록 목소리는 기어들어갔다. 무슨 말을 언제 해야 할지 몰랐다. 내가 어떻게 이들과 한 팀인지 의아했다. 가만히 한곳에 있지 못하니 꿔다놓은 보릿자루만도 못했다.

와중에 축구할 날만 기다렸다. 번개 매치가 잡히면 평일 저녁에도 어떻게든 참여할 수 있는 방법을 찾았다. 주말에 중요한 일정이 생기면 축구를 할지, 일정에 참여할지 고민했다. 이렇게 못하는 일을 이토록 좋아할 수 있다니, 생소한 경험이었다. 시무룩한 내 기분과 별개로 스물두 명이 달리는 경기장은 한번 끌어올린 속도를 늦출 생각이 없었다. 굴러오는 공을 받아야 하고 정신 차리고 길도 비켜줘야 하며 상대가 비집고 들어오면 막아서야 했다.

라운드가 끝나면 그제야 눈덩이처럼 부풀어오른 자괴감이 나를 막아섰다. 다들 늦어도 대학생 때는 축구를 시작했는데, 나는 서른 살 넘어서 시작한 거니까 조금 느릴 수 있지, 생각하면서도 마음은 사정없이 흔들렸다. 뛰고 싶다, 한 경기라도 더 뛰고 싶다. 아니야. 내가 뛰었다가 우리 팀이 지면 어떡해? 발목이 안 좋으니까 오늘은 몸을 사려야겠다. 아니, 여기까지 왔는데 안 뛰면 뭐 할 거야. 마음이 혼란하기만 했다.

그렇게 2년이 지났다. 또다시 여름을 앞두고 있었고, 실력은 여전했다. 자리를 차지하고서 하는 거라곤 다급하게 패스하는 것밖에 없었다. 매번 못한다고 남에게 미루느라 실력이 늘 틈이 없었다. “축구는 자신감이야. 공을 침착하게 잡아두지 못하는 것도, 아무데나 급하게 패스만 하는 것도 내가 날 믿지 못해 나오는 행동이야.” 코치가 말했다. 축구는 자신감이라니, 그럼 자신감 없는 나의 축구는 뭐라 부르는 게 좋을까?

믿지 못할 사람이란 무엇인가. 과거에 배신을 했거나 거짓말을 했거나 실수를 반복해 신뢰를 잃은 사람이다. 나는 언제 이렇게 신뢰를 잃었는가. 양쪽 발목 인대가 한 번씩 파열되었을 때, 양쪽 엄지 발톱이 빠졌을 때, 대단한 슈팅을 시도했는데 힘 빠지는 소리를 내며 몇 발짝 겨우 굴러가는 공을 봤을 때, 넋을 놓고 남의 플레이를 구경만 하고 있을 때, 드넓은 축구장에서 적당히 숨으려고 할 때…. 셀 수 없이 많은, 믿지 못할 기억들이 새어 나왔다. 못난 기억을 안고 축구를 하는 건 괴로웠다. 이대로 도망칠 수도 없었다. 아아, 그러기엔 너무 좋아해!

짝사랑하는 법

캐시미어 브랜드 일로 축구팀 팀원인 민정이를 인터뷰한 적이 있었다. 축구를 오래 짝사랑하고 있다는 그에게 이유를 물었다. "진짜 좋아하고 사랑하니까 내가 가진 걸 희생하고 헌신해요. 내 돈 내고 축구 수업 듣고 내 시간 써서 축구할 기회가 있으면 쫓아가고 남의 팀 게스트로도 뛰고. 그래도 하나도 아깝지 않아요. 실력은 안 늘고 몸만 축나도 매번 애절하게 매달려요." 그렇게 손해를 보면서도 짝사랑을 계속하는 이유가 뭔지 거듭 물었다. "그건 그냥 그런 거예요. 이유도 없고 어떻게 할 수 있는 방법도 없어요."

가진 시간과 돈과 체력을 다 바쳐 좋아하는데 그만큼 나를 좋아하지 않는 상대가 있다면 나는 어떻게 할까? 한때 연애를 조언하는 서적을 쌓아놓고 읽은 적이 있다. 짝사랑에 마음 시릴 때면 뭐라도 한 번 더 해야 한다. 더 나은 모습을 보여주기 위해 노력하고, 상대의 눈에 한 번 더 띄고, 호감을 겉으로 표시하고…. 그래야 포기를 하든, 사랑을 이루든 한다. 축구를 그만둘 마음이 없었으므로 할 수 있는 건 다 해봐야 했다. 공을 다루는 기본기를 가르쳐주는 풋살 수업을 다시 등록했다. 아무것도 모르고 축구를 계속해서는 남들처럼 축구를 할 수 없었다.

집 근처 여성 풋살 교실에는 나 같은 초보부터 10년 이상 축구를 해온 언니들까지 고루 섞여 있었다. 돌다리를 두들기듯 차근차근 동작을 배워 나갔다. 조바심 나던 마음이 진정되면서 내 문제가 무엇인지 보이기 시작했다. "디딤 발의 방향은 곧 공이 날아가는 방향과도 같아요. 아무리 급해도 디딤 발 방향을 먼저 설정해야 해요. 나는 어디로 가고 싶은지 먼저 정하세요." "더 잘하고 싶을 땐 더 많이 움직이세요. 한발 더 뛰고, 공을 반 템포 미리 움직이세요. 지금 못할 수는 있지만 열심히 할 수는 있잖아요. 열심히 하는 걸 못하는 사람은 없으니까요."

혼자 하는 운동의 끝에 '오운완(오늘 운동 완료)' 세 글자를 읊조리면 내가 좋은 사람이 된 기분이 든다. 땀을 쭉 빼고 호흡을 고르며 샤워를 하고 나오면 그렇게 개운할 수 없다. 함께하는 팀 스포츠의 '오운완'은 내게 더 좋은 사람이 되고 싶은 마음을 안긴다. 팀원들을 위해, 팀원들과 함께하기 위해, 함께 이기기 위해 꼭 좋은 사람이 되겠다고 매번 다짐했다.

몇 번의 기본기 수업으로 눈부신 성장을 이룰 수는 없었다. 여전히 집으로 돌아오는 길이면 지하철에서 가슴을 두드린다. '아, 왜 그걸 놓쳤지. 아오, 조금 더 뛸걸!' 두 번의 인대 파열과 발가락 골절은 몸을 사리게 했다. 몸이 마음 같지 않으니 애타는 마음이 앞설 때였다. 불필요한 몸싸움을 하느라 중요한 공을 놓치기도 했다.

대회를 세 달 앞두고 수비수로서 역할에 중점을 두고 연습하고 있었다. 수비수의 자세는 태권도의 겨루기에 대입해 이해할 수 있었다. "상대의 움직임을 보세요." 태권도 사범님이 시키던 대로 상대의 움직임에 집중했다. 움찔, 상대가 왼쪽으로 움직이는 순간 나도 그쪽으로 이동한다. 아니, 상대는 움직이지 않았다. 왼발과 상체만 이동하는 척하다가 제자리로 돌아왔다. 페이크. 속았다. 허둥지둥 원래 자리로 돌아오려 하니 몸이 휘청거린다. 아, 이게 아닌데. "상대의 움직임을 보라는 거지, 그에 맞추라는 게 아니에요. 상대의 움직임에 맞추면 중심을 잃기 쉬워요." 남의 움직임에 맞추면 중심을 잃고 흔들리게 된다.

앞에 선 사람을 관찰하되, 따라 움직이지 않는다. 의도를 파악하며 나의 움직임을 계산한다. 머리로 이해하는 건 몸을 움직이는 것과 별개인 것 같지만 몸도 나고 마음도 나다. 둘은 결국 하나다. 자꾸 생각하면 그렇게 된다. 나의 것보다 남의 움직임에 집중하면 반사적으로 몸도 남의 박자에 맞추게 된다.

두 개의 심장

몸을 주제로 한, 어느 브랜드 인터뷰에서 필라테스 강사와 나눈 대화가 생각난다. 그는 이렇게 말했다. "우리의 몸과 마음은 이어져 있어요. 몸은 정신 상태와 마음을 표현해요. 몸이 곧 정신이고 제 자신이에요." 이어 수영 강사에게도 물었다. "이기고 싶은 마음을 몸이 안 따라줄 때는 어떻게 하면 좋죠?" "생각보다 사람의 몸은 강해요. 제 몸도 강하지만 다른 사람들의 몸도 강해요. 진짜 도저히 못 하겠다고 생각하는 순간에도 그보다 조금 더 나아갈 수 있어요. 이기고 싶은 마음이 있으면 한계를 뛰어넘을 수 있어요. 그렇게 해내면 얼마나 기분이 좋은데요. 마음이 가 있으면 몸은 어떻게든 따라와요. 할 수 있어요."

뜨거운 여름이면 땅콩 축구단과 공을 찰 생각에 기쁘다. 앞머리가 땀에 젖도록 실컷 뛰고 페트병에 든 물을 들이켜야지. "나도!" "나도!" 다음 차례를 기다리는 친구에게 페트병을 넘기고 한 번 더 마실 차례를 기다려야지. 자외선 차단 지수 같은 건 아랑곳하지 않고 온몸으로 볕을 쬐야지. 마음 놓고 살을 태우고 다음 경기를 또 뛰어야지. 나한테 공을 달라고 손을 들어야지. 여기 있다고 소리도 질러야지. "헤이! 지선!" 그리고 그 공은 꼭 잘 잡아뒀다가 무사히 다음으로 연결하는 거야. 목표 지점을 정하고 디딤 발을 그쪽으로 향하고 큰소리로 이름을 불러놓고 안전하게, 차근차근.

어느 순간부터 아침에 빈속으로 축구를 하면 구역감이 들고, 저녁에 축구를 하면 몸이 천근만근 무겁고, 20분짜리 경기를 세 번만 뛰어도 다리가 풀렸다. 결국 병원을 찾았다. 뇌나 근육, 혈당 조절 능력에 문제가 생겼을 거라 의심했다. 그러다 뜻밖에도 내게 심장이 하나 더 생겼음을 알게 되었다. 아기가 배에 있는 동안 팀 운동은 쉬고 개인 운동을 하라는 산부인과 의사의 조언을 들었다. 두 개의 심장을 가졌지만 축구를 하러 나가는 일을 멈췄다. 대신 국내외 축구 경기를 관전하고 집 앞에서 리프팅 연습을 한다. 이 여정은 계속된다. 아직 갈 길이 멀지만, 마음이 가 있으니 몸은 언젠가 어떻게든 따라올 것이다. 포기하지 않으면 삶은 반드시 더 나은 방향으로 갈 수 있다. 나의 축구도, 우리의 축구도 언젠가는!

오직 마감을 향해

영화 〈스쿨 오브 락〉에는 이런 장면이 나온다. 선생님이 된 주인공 듀이가 학생들에게 기타를 쥐여주고, 노래를 시켜보고, 말투를 관찰하다가 역할 분담을 한다. 듀이는 반장에게 프로젝트의 프로듀서 직을 맡긴다. 프로듀서가 하는 일은 밖에 서서 누가 오는지 보고 있는 거다. 말도 안 되는 역할을 떠맡게 되기도 하고, 가진 실력보다 중책이 주어지기도 한다. 그러나 아무도 그 자리를 자신보다 잘 소화할 사람이 있을 거라 의심하지 않는다. 모두 자기 자리에 만족하고 열심히 연습하고 공연을 성공적으로 마친다. 누군가 나타나서 내가 무엇을 하면 좋을지 얘기해주면 얼마나 좋을까. 나는 고민도 없이 그 일을 최선을 다해 수행하고 행복하게 살 수 있을 텐데….

삶은 다르다. 누가 알려줘도 의심하고 스스로 결정하고도 의심한다. 20대 초반에 내내 하고 싶은 일은 불쑥 머릿속에 떠올랐다가 이유도 말해주지 않고 토라진 단짝 친구처럼 등을 돌렸다. 그때마다 하는 수 없이 신입이 되었다. 일본에서 취업할 땐 나를 확실하게 파악했다고 생각했다. 더할 나위 없이 마음에 드는 일이었고, 회사였다. 좋은 날들이었다. 새로운 일이 하고 싶어질 거라곤 상상도 못 했다. 나는 육지의 왕자와 사랑에 빠진 인어공주처럼 괴로웠다. 동화 속 마녀는 다리를 만들어 달라는 인어공주에게 바다 속 가족과 친구 그리고 목소리를 빼앗는다. 마녀는 자비롭지 않다. 공주와 나를 나란히 두고 얘기하니 몹시 민망하지만.

원하는 바가 강렬하다면, 내놓아야 할 것도 가장 소중한 것이어야 했다. 인어공주는 자신이 가진 아름다운 목소리를 내놓고도, 가족과 친구와의 평화로운 일상을 포기했다. 할머니는 마지막까지 그녀를 설득했다. "우리 여기서 가진 것으로 만족하며 살자꾸나." 바다 궁전에서는 모든 것이 완벽하게 갖추어져 마음먹기에 따라 얼마든지 행복할 수 있다. 힘겹게 얻은 소중한 취업 비자와 직장, 이곳의 친구들, 아늑한 집, 주말의 호떡 아르바이트, 아침저녁으로 누리는 도쿄 하늘, 마흔 살까지 외국에 살겠다던 꿈, 여기서 나가면 그 행복의 조건들을 모두 잃게 될 것이었다.

차이의 반복

잡지사 공고만 보고 퇴사를 하고 짐을 챙겨 한국으로 돌아왔다. 그러나 면접을 볼 기회도 주어지지 않았다. 6개월간 국가에서 제공하는 교육을 받고 잡지사에서 일을 시작했다. 무서웠다. 예전에는 엄마나 친구가 내 결정에 확신이 있느냐고 물어오곤 했지만, 이젠 누구도 묻지 않았다. 아무도 묻지 않는데 내가 먼저 겁에 질렸다. 새로 시작한 이 일에 내가 또 권태를 느낄 순간을 떠올렸다. 어쩔 수 없다며 또 떠나겠지. 매달 다른 주제로 새로운 책을 만들어 내야 하는 일은 질리지 않을 것만 같았지만, 또 반복되는 마감이 식상하게 느껴질지도 모르는 일이었다.

이 불안에 답해준 업계 선배가 있다. 당시 나는 잡지사 에디터들이 진행하는 모든 북토크를 쫓아다녔다. "잡지를 만드는 일은 같은 일의 중복이 아니라 차이의 반복이라고 생각해요." 시작의 번쩍거림만 좇다가 그 빛이 익숙해질 때가 되면 '아, 매일 같은 일을 하니 지루해'라고 생각하며 뒤돌아 나와 버렸던 내게 큰 울림을 주는 얘기였다. 차이의 반복이라는 개념을 생각해낸 선배의 이야기는 오래도록 날 설레게 했다. 다른 일을 반복해서 수행하는 동안 부족한 점은 보완될 것이고 그 과정과 결과는 내 안에 고스란히 쌓일 것이다. 잡지를 만드는 일은 분명 나를 더 좋은 사람이 되게 할 것이다.

곁눈질하느라 힘 빠지게 하는 것도, 그럴 때마다 힘이 나게 응원하는 것도 결국 나였다. 스스로의 진심을 의심하는 나에게 매일 용기를 불어넣었다. 일본의 잡지 《뽀빠이

Popeye》 등을 만드는 프리랜서 에디터 츠즈키 교이치의 저서《권외편집자》에서도 좋은 기운을 얻었다. “취재를 요청하는 전화를 간단히 거절당하고, 자식뻘 되는 어린 아티스트에게 존댓말로 인터뷰를 하고, 먼 곳까지 취재하러 갈 교통비가 걱정되는 나날을 보내고 있다. 40년 전의 상황과 똑같아 보일지 모르지만 달라진 점도 있다. 그때보다 체력은 떨어지고 수입은 줄어드는데 고생은 더 늘었다. 그래도 좋다. 돈보다도 매일 느껴지는 두근거림이 소중하기 때문이다. 편집자로 사는 사소한 행복은 출신 학교나 경력, 직함, 연령, 수입과는 상관없이 호기심과 체력과 인간성만 있으면 결과물이 나온다는 점에 있다.”

2000년대 힙합 가사 같은 것도 도움이 됐다. 그 무렵 나는 그룹 원타임의 〈향해가〉 같은 걸 들었다. 그룹 멤버 송백경이 작사한 곡이었다.

오직 내 꿈을 향해가 날 위해.

내겐 없지 괜한 것에 고심. 쓸데없는 조심. 새가슴만의 소심.

넘어져도 포기는 못해. 내 오기는 터지고 덤벼.

도전을 해봐. 길 없는 곳이라면 찾아봐.

내 삶을 과감하게 바꿔가.

지나버린 걸 따지려마. 이젠 됐지, 나는 내 인생의 참된 주인공.

나가! 너무도 이룰게 많지.

몰라! 우린 더 높이 원하지.

고집대로 걸어왔어도 후회 없어.

나 절대로 뒤를 보지 않아. 어디로 가야 할 생각뿐야.

'이 일을 선택한 걸 정말 후회하지 않겠어? 너는 이제 스물여섯 살이나 되었다고!' 노선을 확실히 하라고 스스로 압박했다. 그럴 때면 확실하게 답할 수 없었다. 고개를 돌려 모른 체했다. '이것도 그냥 아르바이트야. 방학 때 잠깐 해 보는 거야.' 그동안 아르바이트는 나를 자유롭게 했다. 뜨거운 물이 내뿜는 증기에 한여름이면 질식할 것 같았던 설거지 알바와 그릇이 무거워 결국 손목 인대가 늘어나고 말았던 카레집 서빙 알바 그리고 머리의 나사가 띵 하고 튕겨져 나갈 것 같았던 인산인해 속 호떡집 알바도 그랬다.

혼자 하는 일은 없다

열심히 살고 싶지만 어디서 시작해야 할지 모를 때 아르바이트에 기댔다. 성인이 되니 정해진 시험 범위도, 선생님이 지정해주는 문제집도 없었다. 어디에 열과 성을 쏟아야 할지 모르는 채로 청춘은 열정적이어야 한다는 이야기를 들으면 몸 둘 바를 몰랐다. 특별한 능력도 없이 세상에 나온 내게 아르바이트는 어딘가에 힘을 보탤 기회가 되었다.

아르바이트는 내게 말하는 법도 가르쳐줬다. "앞쪽에 서명 한 번 부탁드리겠습니다. 영수증 준비해 드릴까요?"와 같은 사근사근한 말투도 구사할 수 있게 했다. 마감하는 친구를 위해 저녁에 퇴근하는 내가 미리 반찬을 채워두는 게 배려임을 배웠고, 이 돈을 모아 자신의 일을 하고 싶다고 말하는, 눈빛이 살아 있는 친구들도 만났다. 나의 생활 범위 밖의 사람과 만나 이야기를 나누고, 낯선 생활 방식을 가진 사람을 존중하고 이해하며 존경하는 법을 배웠다. 내가 가진 역량보다 과한 돈을 받았을 땐 끙끙 앓아가면서라도 해내야 한다는 책임감도 배웠다.

잡지사에서 일하게 된 후로도 아르바이트는 열심히 찾아 했다. 돈도 더 벌 수 있고 일도 더 할 수 있어 좋았다. 하루는 촬영 현장을 도우러 갔다. 에스파드리유Espadrille 좀 집어 달라는 말을 못 알아들었다. 못 들은 게 아니라 몰라서 안 들렸다. 나는 그런 단어를 그날 처음 들어봤다. 못난 사람이 된 것 같은 기분에 얼굴이 화끈거렸다. 그날따라 옷핀으로 사이즈를 조절하거나 간단한 바느질을 해야 하는 변수도 생겼다. 만지작거리다 비싼 옷이 상할 것 같아 솔직하게 할 줄 모른다고 말했다. 머리털이 쭈뼛 설 만큼 창피했다. '쌍동선雙胴船'은 두 개의 선체를 갑판 위에서 결합한 배를 의미한다. 처음 듣는 단어지만 검색 대신 추측으로 넘겼다. 같은 모양을 한 두 척의 배를 상상하며 원고를 썼다. 정의부터 틀린 글은 결말도 엉망이 되었다. 엉망이 된 원고를 제출했다가 그날도 털이 쭈뼛 설 만큼 창피를 맛봤다.

그래도 월급 받는 날까지 주변에 있는 많은 사람들이 애를 써준다. 내가 버는 돈은 내가 잘해서 번 돈이 아니다. 내 이름을 달고 세상에 나온 기사도 내가 쓴 기사가 아니다. 이 일을 소개해준 사람, 맡겨준 사람, 취재할 기회를 만들어준 행사 담당자, 날씨를 따져 시간을 조율해준 사람, 촬영장까지 짐을 나눠 들어준 사람, 궂은 날씨에도 괜찮다고 웃어 주는 사람, 퇴고 도와준 사람 등…. 연말이면 시상식에서 배우들이 감사하다며 시청자가 알지도 못하는 사람들의 이름을 읊는 게 이런 마음일까. 새로운 기사 앞에서 창피를 당할 일은 앞으로도 많겠지만, 도와주는 사람들이 있으니 참을 수 있다.

코로나 때 잠깐 홈베이킹에 빠져 지냈다. 타르트지를 구울 때 누름돌이라는 걸 놓는다. 그걸 올려놓아야 타르트의 빵 부분을 얇게 구울 수 있다. 그래야 필링을 듬뿍 담을 수 있게 된다. 누름돌처럼 내 일에는 마감일이 정해져 있고 누가 압박을 주면 그게 불편하고 싫다. 그래도 마감이 압박을 해와야 속을 많이 담을 수 있다. 못살겠다고 입버릇처럼 말하다가도 일을 할 때는 그 말이 더 이상 나오지 않는다. 이대로 죽을 수는 없어! 마감을 하지 못한 원고가 남아 있어! 마감일이 있다는 것은 여러모로 다행이다.

더 이상 못 달리겠다고 생각했을 때 한 바퀴를 더 달리는 것이 체력을 늘리는 방법이다. 더는 힘이 남지 않았다고 생각했을 때 한 번 더 철봉에 턱을 걸어보는 것이 근력을 늘리는 방법이고, 더 마시면 죽을 것 같을 때 한 잔을 더 마시는 것이 주량을 늘리는 방법이라고 들었다. 가진 에너지를 다 썼다고 생각했을 때 한 번 더 용을 쓸 수 있는 일을 하는 게 좋았다. 혼자 하는 일이 아니니 혼자만 멈출 수 없었다. 멈출 수 없으니 완주하게 된다. 이 일은 그렇다.

시간이 지나 7년 차 편집자가 되었다. 이제는 평생 이 일을 할 자신이 있느냐고 더 이상 자문하지 않는다. 머리를 숙이고 앞에 놓인 마감만 생각한다. 이번 마감만 잘 마치면 카페에서 음료 두 잔씩 시켜 먹게 해줄게. 마음에 드는 외투가 보이면 그 자리에서 일시불로 결제할 수 있게 해줄게. 일대일로 운동 배울 기회도 만들게. 이 일만 제대로 마치면. 진짜 하나만 더 하고 나면. 일단 이번 것만 잘해보자. 나를 다독인다.

한번은 브레이킹 댄스 취재를 마치고 원고를 취재원에게 공유했다. "많은 분들이 읽을 수 있으면 좋겠네요"라는 답이 왔다. 그냥 여느 때처럼 해야 하니까 마감을 했을 뿐인데 생각지도 못한 말이었다. 정말 내가 많은 사람이 읽어도 좋을 기사를 만들었을까. 마감일을 맞추려고 머리카락을 꼬고 손톱을 뜯으며 이야기를 쥐어 짜낸 시간들이 고마웠다. 긴자에서 인파 속에 지하철을 갈아타는 게 고통스러워 사람이 없는 첫차를 타고 카페에서 블로그 글을 쓰던 때가 애틋했다. '필요한 자격 없음'이라 쓰인 잡지 기자 모집 공고를, 일본에서 무거운 짐보따리를 끌고 돌아오던 길을, 누름돌처럼 마음을 압박하던 마감의 순간들을 기억에서 꺼내어 하나하나 쓰다듬어 주고 싶었다.

매일 글을 쓰면서도 쓰고 싶은 글이 있고 매일 남의 글을 읽으면서도 더 읽고 싶은 글이 있다니 다행이다. 오늘도 내일도 쓸 글이 있다는 사실이 기쁘다.

아기와 넥스트

자고 일어나면 어깨가 결리고, 이틀 전에 마신 위스키 두 잔은 여태까지 진한 숙취를 남기고 있었다. 아침에 눈을 뜨면 참을 수 없이 배가 고팠다. 며칠을 10시간씩 자기도 했다. 해이해진 기강을 잡겠다고 점심을 거르고 헬스장에서 달렸다. 오후에 손이 떨리고 눈앞이 흐려졌다. 몸은 사무실에 앉아 있었지만 부팅 중인 컴퓨터처럼 일을 시작할 수가 없었다. 뭘 먹어도 소화가 잘 되지 않았다. 이른 저녁부터 깊은 잠에 빠져들었다. 피할 방법이 없었다.《이상한 나라의 앨리스》의 앨리스가 되어 토끼굴을 따라 다른 세계로 빨려 들어가는 듯했다.

기강을 잡을 게 아니라 병원을 찾아야 한다는 걸 며칠 지나고 깨달았다. 30개씩 하던 팔 굽혀 펴기를 세 개도 제대로 할 수 없었다. 아침 조깅도 버거웠다. 당뇨일 수도 있고 간이 나빠졌을 수도 있다. 신경이나 근육 계열에 문제가 생긴 걸지도 모른다. 검사를 앞두고 임신 가능성을 전해 들었을 땐 설마설마했다. 6개월 차 신혼이고, 임신 계획은 아직이라 배란일은 피했는데, 설마.

산부인과에 가자마자 6주가 된 아기의 심장 소리를 들었다. 선생님이 이건 뭐고 저건 뭔지 설명해줬지만 흑백 영상만 아른거렸다. 수납을 기다리며 남편에게 전화를 했다. 남편은 내가 먹어 치우는 밥 양을 보고 짐작하고 있었다고 했다. 다음엔 엄마한테 전화를 했다. 엄마는 이직한 지 얼마 되지 않은 나를 걱정했다. "아기가 생기면 여자는 많은 것을 포기해야 해. 요즘 아무도 애를 안 낳는다고 난리던데, 왜 네가…. 더 늦게 가져도 되고 안 가져도 되는데, 어쩌다가…." 그제야 걱정이 몰려왔다. 내 배에서 직접 인간을 만들어 보는 건 뜻 깊은 경험이겠지만, 그다음은? 인간을 만들어서 어쩌려고?

달라진 몸과 별개로 삶은 계속되었다. 임신을 하면 드라마처럼 입을 막고 "으윽" 소리를 내며 화장실로 달려가는 줄로만 알았다. 그러다가 배가 나오고 아기를 낳겠지, 싶었다. 드라마 작가들은 어째서 다양한 임신 초기 증상을 소개하지 않았을까? 남들과 다른 디테일을 만들 수 있는 절호의 기회였을 텐데…. 임신한 사람은 제각각 다른 종류와 정도의 증상을 겪는다. 나의 것에는 기본적으로 허기와 피곤이 따라다녔다.

곳간이 조금이라도 비어 있는 꼴을 못 보는 졸부가 뇌를 지배한 모양이었다. 배가 꽉 차 있지 않으면 속이 울렁거렸다. 해본 적도 없으면서 기절할 것 같은 기분이 들 때도 있었다. 평소와 달리 먹고 싶은 메뉴가 또렷하게 떠올랐다. 좋아하던 빵과 초콜릿, 젤리는 눈앞에 있어도 손이 가지 않았다. 대신 매운 쌀국수, 콩나물국, 짬뽕 같은 게 주로 떠올랐다. 경양식 돈가스, 쫄면, 막국수, 토마토 스파게티, 케첩 볶음밥 같은 음식을 상상하며 침을 흘리는 날도 있었다. 먹고 싶은 걸 못 먹은 날엔 배가 불러도 그 음식이 계속 생각났다. 잠을 충분히 못 잔 날은 허기와 어지럼증의 정도가 더욱 심해졌다. 이 무렵 먹고 싶은 거 만들어 주는 사람, 같이 먹어 주는 사람, 사 주는 사람이 진짜 고마웠다.

"제가 임신을 해도 될까요?"

임신은 내가 예전에 알던 개념을 여럿 깨부쉈다. 인간을 제작하고 있다는 기쁨도 있었지만, 아찔하고 아차 싶은 것도 있었다. 걱정할 게 이렇게 많고, 임산부마다 느끼는 감정이 천차만별이며, 겪을 수 있는 불편함이 이토록 다양하다는 걸 뒤늦게 알게 되었다.

8주 차에는 갑자기 출혈이 생겼다. 일하다가 사무실 근처에 있는 산부인과에 들렀다. 자궁에 피가 고여 유산기가 있다는 진단을 받고 다음 날 회사를 하루 쉬었다. 팀장님에게 상황을 전하자 흔쾌히 배려해줬다. 쉬는 동안 걱정에 휩싸였다. 다른 사람 눈에 일하면 안 되는 사람처럼 비칠까 무섭고 두려웠다.

각종 커뮤니티를 뒤져 임산부와 아기 엄마를 불편해하는 시선들을 찾아봤다. 상황을 미리 알면 피할 수 있겠지. 성소수자 용어를 차용해 만든 '임밍아웃' 단어에 대한 불편함, 임신 테스터기를 건네고 리액션을 기대하는 사람들, 단톡방에 너무 자주 올라오는 원치 않는 아기 사진, 임산부를 위한 정책을 악용하는 팀원, 아기를 핑계로 일을 떠넘기는 엄마 등…. 손가락질하는 글을 읽다 보니 마음이 더욱 움츠러들었다. 초저출생 시대에 나만 유별나게 구는 것 같아 숨고 싶었다.

아기를 가진 가정의 속 얘기도 숨이 막혔다. 아기와 둘이 감금된 느낌이 드는 '독박 육아'나 '산후조리원 무조건', '자차와 운전 필수' 같은 조건과 '영어 유치원', '키즈 카페', '픽업 라이딩' 같은 낯선 문화 등. 나는 초등학생 때까지 차 없는 집에서 아빠 오토바이 뒤에도 매달리고 엄마와 버스도 타면서 잘 지냈다. 30년 전 시골 얘기지만, 2024년 서울에선 절대 안 되는 일일까? '아들 배는 크다' '임산부가 운동을 많이 하면 너무 활동적인 아이가 태어난다' '아기를 낳으면 엄마의 뇌 구조가 이기적으로 행동하도록 바뀐다' 등 정확한 자료 없이 마음만 불안하게 하는 얘기들도 나를 혼란하게 했다. 시대와 장소가 달라도 예외는 언제나 있다. 어디에나 있어야 한다. 많은 선택지가 다양한 사람을 골고루 행복하게 할 수 있다. 나는 필요한 선택지를 찾아 자신 있게 고르는 엄마가 되고 싶었다.

하루하루 답답한데 마음을 터놓고 얘기할 사람이 없었다. 작은 회사에 다니는 사람이나 큰 회사에 다니는 사람, 여자가 많은 팀이나 임신과 출산이 매우 이례적인 팀, 자기 사업을 하는 사람까지 다들 어떻게 이 시기를 슬기롭게 넘겼는지 궁금했다. 주변에는 임신을 한 사람도, 출산을 한 사람도 없었다. 하는 수 없이 다시 인터넷 카페와 유튜브 채널을 뒤졌다. '임밍아웃'을 들은 사람들은 박수 치고 눈물 짓고 축하하기만 했다. 아기와 함께 세상의 미움을 받을까 걱정하는 것은 아무래도 나뿐인 것 같았다.

인사팀에 연락해 출산과 육아를 위한 제도를 문의했다. 명확한 기준을 전달받았지만 함께 일하는 동료가 어떻게 되는 건지는 알 수 없었다. 정해진 팀 업무의 총량이 있으니 내가 빠진다면 누군가는 그만큼의 부담을 나눠 가질 것이다. 회사를 쉬어도 고생할 팀원들을 생각하면 마음이 불편했다.

16주 차가 되어 외주 업무를 한둘 정리했다. 아기 만들기가 본업이고 회사 일이 부업이 된 지금, 도무지 다른 일을 할 여력이 없었다. 회사에서 나를 배려해주는데 그 시간을 외주 일로 채울 수는 없었다. 아기 제작 공장이 된 몸은 몰아치거나 무리하는 데 적합하지 않았다. 절대로 포기하고 싶지 않던 일까지 그만둬야 했다. 지금이라도 억울하다고,

사실은 내 마음과 같지 않다고 고백하며 무르고 싶었다. 회사와 집만 오갔다. 아무도 만나지 않고 외출은 밤에만 했다. 고민은 깊어져만 갔다.

18주 차, 넘어야 할 가장 큰 고비가 남아 있었다. 내게는 1, 2차 기형아 검사나 정밀 초음파 검사보다 부담스러운 일이었다. 편집장님에게 임신 사실을 알리는 것. 배가 빨리 나온 데다 여름을 앞두고 옷이 얇아져 더 미루기 어려웠다. 어떤 태도로 고백해야 할지 가늠이 되지 않았다. 일의 공백을 아뢰는 죄인의 태도, 인간의 생식 본능을 말하듯 가벼운 말투, 생명의 잉태를 축복받고자 하는 당당한 마음?

5월에는 마감해야 할 책이 두 권이나 있으니, 편집장님이 출장을 다녀와 피곤할 테니, 오전은 정리할 일이 많으니, 오후에는 미팅을 나가니…. 핑계를 만들어 말할 기회를 미뤘다. 점심을 든든히 먹은 어느 날, 큰맘 먹고 유리문을 두드렸다. 팀원들과 마찬가지로 편집장님도 기뻐해줬다. 나의 건강을 먼저 걱정했고 축하한다고 재차 얘기했다. 이 말을 전하기까지 어찌나 긴장했는지 자리로 돌아오는 길에 머리가 핑 돌았다.

5월, 가정의 달 특집으로 잡지《코스모폴리탄》에 홍석천 가족 인터뷰가 실렸다. 이 인터뷰에서 홍석천은 이렇게 말했다. "세상을 50년 넘게 살아보니까 남의 시선을 의식하는 게 정말 헛되다는 생각이 들어요. 그냥 내 행복을 위해서만 살았으면 좋겠어요. 내가 뭘 좋아하고, 뭘 할 때 행복한지. 주변에 두세 명 정도만 내 편이 있으면 돼요. 그 외의 사람들이 날 어떻게 보는지 신경 쓰기에는 이 세상에 할 게 너무 많아요." 같은 인터뷰에서 사유리는 이렇게 말했다. "시대마다 상식이 변해요. 지금은 특별하게 보일지 모르겠지만 지나고 보면 별일 아니게 될 수도 있습니다. 그러니 다른 사람들이 하는 예의 없는 말이나 행동에 너무 신경 쓰지 말고, 내가 사랑하는 이들을 아껴주세요. 결국 남들보다 내가 어떻게 생각하는지가 중요합니다."

사람들이 내게 직접 하지도 않은 말을 인터넷에서 찾아가며 상처받고 경계한 시간이 떠올랐다. 중요한 것은 내가 남편과 아기를, 일과 나를 어떻게 생각하는지였다. 안에서 찾아야 할 것을 밖에서 찾고 있었다. 남들은 정작 대수롭지 않게 생각할 것들을 혼자 끌어안고 있었다. 사유리는 이 인터뷰에서 임신한 기간 동안 매일이 축제처럼 즐거웠다며 웃었다. 나는 바보같이 그 기간의 절반을 걱정과 불안으로 보내 버렸다.

늦지 않은 축제

편집장님에게 임신 사실을 전하고 군더더기 없는 2차 기형아 검사 결과지를 받고서야 지난 5개월을 돌아보았다. 아기를 만들고 있는 내 몸의 가치를 스스로 무너뜨린 건 아니었을까? 세상을 너무 호락호락하게 본 건 아니고? 살다 보면 누구에게나 별일이 생긴다. 사람들은 살면서 몸이 아프기도 하고 다른 데 정신이 팔리기도 하며, 도움이 필요한 가족이 생기기도 한다. 결혼과 출산도 그중 하나다. 내게도 예외는 없다. 이번에 내게 온 이 이벤트를 눈치보고 조심스러워하며 숨긴다면, 다른 팀원에게도 부담이 될 수 있다. 다음에 또 다른 사건을 겪을 팀원의 빈자리를 흔쾌히 채우고 맘껏 축하하고 위로하기 위해서 내 태도는 달라져야 했다.

늦었지만 지금이라도 가장 중요한 아기 엄마, 나의 의견에 귀 기울였다. 지금 가장 바라는 바는 임신 기간 동안 무사히 회사를 다니는 것. 출산 휴가 후 회사로 무사 귀환하는 것이다. 아이를 낳고도 물론 회사에 다닐 생각이다. 나는 지금의 일을 정말 좋아한다. 성실하게 일해 얻어낸, 더없이 소중한 기회다. 이렇게 된 이상 당당하게 만삭까지 내 몫을 다해야지. 건강한 아이를 낳고 씩씩하게 돌아와야지. 그다음엔 다시 빈칸을 부지런히 채워야지.

삶은 길고 일도 길다. 전체를 통틀어 평균 1인분 이상의 업무량을 목표로 한다면 열 달 남짓한 임신과 출산 기간의 공백은 앞으로 얼마든지 채울 수 있다. 그 공백을 생각하면 의지가 솟는다. 내 일을 남에게 덜 미룰 방법을 적극적으로 고민하고, 다음에 부탁을 받으면 흔쾌히 들어줘야지, 다짐한다. 미안한 마음 대신 고마운 마음을 가져보려 한다. 미안한 마음은 나를 속으로 움츠러들게 한다면, 고마운 마음은 밖으로 펼쳐보일 수 있다. 당당하게 권리를 주장하고, 배려받은 기억으로 아기를 축복해야지.

엄마는 나를 임신했을 때, 짜장면이 먹고 싶었다고 했다. "젊은 새댁이 어디 혼자 가서 짜장면을 먹을 수가 없었어. 작은 동네라 누가 금방 알아볼 것 같았거든. 몰라, 그땐 그게 부끄러웠어. 그렇다고 한 그릇은 배달도 안 해 주니까 아빠가 오는 주말만 기다렸지." 그때 엄마와 가깝게 지내던 피아노 학원 백 선생님이 먹고 싶은 게 없는지 물어 왔다.

엄마는 조심스럽게 같이 짜장면을 먹으러 가줄 수 있는지 되물었다. 젊은 여자 둘이서 짜장면을 시켜 맛있게 먹는 모습을 상상한다. 용기가 솟는다. 아기와 임산부를 향한 모진 시선도 무시할 수 있을 것 같다.

엄마는 화가 나면 "너도 꼭 너 같은 애 낳아서 속 끓여봐라"라고 저주했다. 그 말은 왠지 싫지 않았다. 보글보글 푹 끓인 따끈하고 편안한 음식이 떠올랐다. 나 같은 애는 어떨까. 곧 엄마의 바람이 이뤄진다. 나 같은 애를 낳아서 나도 일과 육아의 균형을 맞추느라 오래 공을 들일 거다. 꼭 엄마 같은 엄마가 되고 싶다.

에필로그

여름을 보내며

여름은 늘 가장 좋아하는 계절이었다. 길어지는 해가, 짧은 바지에 드러나는 맨살이, 아빠의 긴 휴가가, 우거진 숲과 시끄러운 풀벌레 소리가, 볕의 향을 품고 마르는 빨래가 좋았다. 집밖에 나가는 걸 망설이지 않아도 되며, 뒤돌아보지 않고 씩씩하게 걸어나갈 수 있어 좋았다. 그러니 여름이 덥고 괴로워도 별 수 없다. 이마에 맺힌 땀을 손등으로 쓱쓱 닦아가며 또다시 나아갈 수밖에.

그간의 여름들엔 무모했다. 어느 것도 이뤄지지 않았으며, 어떤 보상도 받지 못했다. 10대 내내 한결같이 꿈꿨던, 외국에서의 삶은 실현되지 못했다. 그저 허송세월한 거다. 돌아볼 일 없던 허송세월의 긴 역사를 쭉 늘어놓고 바라보았다. 나는 20대를 온통 허비해 10대의 업보를 청산한 셈이었다. 허덕이며 땀을 쭉 뺐다. 그러고 나니 개운했다. 속이 다 시원했다.

고등학생 땐 책상에 앉으면 눈앞에 이런 문구가 보였다.

'지금 10분 더 공부하면 남편 얼굴이 바뀐다.' 그땐 혹시 몰라서 그런 헛소리에도 불안에 떨었다. 현재의 나에게 미래가 달렸다는 사실이 버겁고 무서웠다. 길에서 시간과 돈, 노력과 가진 모든 걸 다 쓰고 난 30대는 그때만큼 긴장하지 않는다. 20대에 저지른 일은 30대의 내가 또 해결하면 되니까. 30대에 벌인 일은 40대의 내가 또 처리할 테고.

잘하는 건 재능이고, 그냥 하는 건 압도적 재능이라고 한다. 허우적댄 시간이 길고 여전히 실수가 잦지만, 지금 와서 어쩌겠는가. 그냥 하던 대로 해야지. 이번에 못한 건 다음에 고쳐서 더 잘하는 수밖에. 재능을 가지고 시작하지 못했으니 압도적 재능이라도 노려보는 거다.

지난 봄의 어떤 하루에는 새벽까지 일을 했다. 아침이 다 되어서야 집에 왔다. 자려고 누우니 아침 8시부터 옆집의 인테리어 공사가 시작됐다. 소음을 견디다 못해 하는 수 없이 밖을 떠돌았다. 배가 고파 눈에 보이는 아무 식당에 들어가 돈가스덮밥을 아침 겸 점심으로 주문했다. 음식이 나올 때까지 책을 꺼내 읽었다. 주방에서 "책 읽는 사람 진짜 오랜만에 보네"라고 속삭이는 소리가 들렸다. 아, 이런 세상에 책을 내도 괜찮은 걸까, 더워 죽겠는데 집밖에서 허송세월한 얘길 잔뜩 쓴 책을 반길까, 피로가 몰려왔다.

글을 쓰는 내내 부끄러웠다. 지난 기억을 되살리느라 블로그 글을 읽는 동안 표현이 과격하고 마음이 어리고 이기적이며 서투른 과거의 나와 마주해야 했다. 고마운 걸 고맙다고, 미안한 걸 미안하다고 말하지 못하는 나, 필요한 말은 삼키고 뱉은 거라곤 우는소리가 전부인 나, 준 것보다 적게 돌아온 것을 탓하고 일희일비하는, 마음의 그릇이 간장 종지만 한 나, 써놓은 말의 어원을 모른 채로 아무렇지 않고, 내 얘기가 누군가에게 상처를 줄 수 있음을 가늠하지 못하는 나. 지금도 크게 나아지지 못했을 나와 나의 문장들을 늘어놓는 게 창피했다. 이렇듯 부끄러운 마음과 부족한 생각을 밖으로 끄집어내고, 결국엔 책으로 엮어 세상 사람들에게 읽어보라고 권할 가까운 미래를 상상하니 마음이 무거웠다. 여름이 다가오기 전, 봄의 시간을 꼬박 쪼개 노트북 앞에서 부끄러워하며 보냈다.

인간으로 태어난 이상 이번 생은 꼬박 나로 살아야 한다. 할 수 있는 경험보다 그렇지 않은 게 많고, 잘하는 것보다 못하는 게 훨씬 많다. 앞으로도 그럴 것이고. 낯설고 모르는 것에 설레는 내가 아는 방법은 이뿐이었다. 아는 것 밖의 세계와 무의미한 시간을 땀흘려 건너가는 것. 그렇게 여름을 보냈다.

벌거벗고 여름의 한가운데에 선 것처럼 부끄럽다. 무겁고 부담스럽지만 마지막까지 써낸다. 여름은 한 발짝 내딛기에 더할 나위 없는 계절이니까.

여름이 너무해

원 없이, 사정없이, 아낌없이

2024년 6월 21일 초판 1쇄 발행

지은이 조서형

펴낸이 김은경
책임편집 이주연
마케팅 박선영, 김하나
디자인 황주미
경영지원 이연정
펴낸곳 ㈜북스톤
주소 서울시 성동구 성수이로7길 30, 2층
대표전화 02-6463-7000
팩스 02-6499-1706
이메일 info@book-stone.co.kr
출판등록 2015년 1월 2일 제2018-000078호

ISBN 979-11-93063-53-8 (03810)

북스톤은 세상에 오래 남는 책을 만들고자 합니다. 이에 동참을 원하는 독자 여러분의 아이디어와 원고를 기다리고 있습니다. 책으로 엮기를 원하는 기획이나 원고가 있으신 분은 연락처와 함께 이메일 info@book-stone.co.kr로 보내주세요. 돌에 새기듯, 오래 남는 지혜를 전하는 데 힘쓰겠습니다.